Im Zwielicht

Titelbild und Gestaltung des Buches sind von meiner lieben Tochter Heike Strobel. Ich danke ihr ganz herzlich für ihre Mühe und großartige Arbeit.
Ferner bedanke ich mich auch bei meinem alten Klassenkameraden Karl Hils, der mir als ehemaliger Richter gute Ratschläge geben konnte.

Den Roman widme ich meiner gesamten Familie, meinen vielen Freunden und Bekannten. Ich denke hier auch an meine lieben Sportkameradinnen – und kameraden von der Mittwochsgruppe des TSG Ober Eschbach, die für meine Erzählungen großes Interesse gezeigt haben.

Alle Personen in meiner Erzählung sind von mir frei erfunden. Etwaige Ähnlichkeiten mit Lebenden oder Verstorbenen wären rein zufällig und nicht beabsichtigt.

Eberhard Strobel im November 2016

Eberhard Strobel

Im Zwielicht

© 2016 Eberhard Strobel

Illustration und Lektorat: **Heike Strobel**
Herstellung und Verlag: BoD – Books on Demand, Norderstedt

ISBN 978-3-7431-6474-1

Andreas Hempel, bislang unbedeutender Angestellter eines weitverzweigten Bankhauses, noch unbedarft und jung an Jahren, schon in Scheidung lebend, wurde durch die Morgensonne geweckt, die durch die Ritzen der Jalousie in das Schlafzimmer seiner in seinen Augen schäbigen Zweizimmerwohnung drang, in die er wenige Tage zuvor eingezogen war.
Eine böse Zeit lag gerade hinter ihm. Dabei hatte zunächst alles gut begonnen.

Nach Abschluss einer Lehre zum Bankkaufmann wurde er als beruflicher Anfänger bei einer Zweigstelle dieser Bank in einer Kleinstadt eingestellt, wo er sich rasch einlebte. Das war nicht verwunderlich, denn dort gab es nette Arbeitskollegen. Außerdem heiratete er hier eine neunzehnjährige hübsche Arzthelferin aus diesem Ort. Nach einer überaus prächtigen Hochzeitsfeier konnte er mit ihr ein kleines Einfamilienhaus, genauer ein Reihenhaus, beziehen, welches der Schwiegervater, ein reicher Gastwirt, seiner Tochter zur Hochzeit geschenkt hatte. An ein schönes Leben gewöhnt man sich bekanntlich schnell und möchte es nicht mehr missen. Unser Andreas machte da keine Ausnahme. Umso schlimmer war sein Absturz ins Unglück. Seine frisch Angetraute hatte sich plötzlich mit einem anderen Mann eingelassen. Sie kenne ihn bereits aus dem Kindergarten. Sie hätten zusammen im Sandkasten gespielt, war ihr zerknirschtes Eingeständnis, als Andreas sie lautstark zur Rede stellte. Weil das Haus seiner Frau allein gehörte, war bei der

unvermeidlich gewordenen Trennung kein Platz mehr für ihn darin.
Tief verletzt und der Häme falscher Freunde ausgesetzt, die wegen seines anfänglichen Glückes neidisch auf ihn gewesen waren, hatte er sich mit dem Mut der Verzweiflung auf gut Glück für eine frei werdende, besser vergütete Stelle in der Zentrale seiner Bank, die sich in der Großstadt befand, beworben. Wider Erwarten war er genommen worden. Das geschah jedoch nur, wie er später erfuhr, weil ganz dringend schneller Ersatz für eine ausgefallene Arbeitskraft benötigt wurde.
Sein Umzug dorthin war mangels Masse nicht schwer gewesen. Die Sachen zum Anziehen und seinen Laptop konnte er mühelos in seinem kleinen Auto unterbringen. Eigenes Mobiliar besaß er nicht. Es gelang ihm, die für seinen mageren Geldbeutel angemessene, oben genannte, kleine Wohnung, die in einem Vorort der großen Stadt lag, zu finden, obwohl ihm weder die Behausung noch deren Lage gefiel. Aber was sollte er machen? Die Mietpreise in der nahen Großstadt waren einfach zu teuer.

Trübselig und verschlafen richtete er sich in seiner neuen Umgebung von seiner Liege auf. Aus Langweile hatte er nach dem gestrigen Nachhausekommen eine Kneipe in der Nähe aufgesucht und war bei Bier und Schnaps und Gesprächen mit anderen Besuchern an der Theke, wo man sich zuletzt gegenseitig Runden spendiert hatte, regelrecht versumpft. Danach war er nach Hause gewankt. Zerschlagen und müde betrachtete er seine kümmerliche Einrichtung. Tisch, Stühle und einen wurmstichigen Sessel hatte er nach seinem Einzug von der Straße heraufgeholt. Dort waren die Sachen als abzuholender Sperrmüll verlassen herumgestanden. Das fehlende Bett und den dringend benötigten Schrank hatte er als Einzelteile bei dem für solche Sachen bekannten großen Supermarkt gekauft und dann einen ganzen frei genommenen Tag gebraucht, diese mühsam zusammenzuschrauben. Aus Ungeschick hatte er sich obendrein mit dem Hammer schmerzhaft auf den Finger geschlagen. Lediglich die altbacken aussehende Küche hatte er von seinem Vormieter übernehmen können, da dieser sie nicht mehr haben wollte. Durch die dünnen Wände konnte er den Fernseher seiner Nachbarn hören. Alles war schon recht gewöhnungsbedürftig.

Zu schaffen machte ihm außerdem der neue Arbeitsplatz. An die hier im Gegensatz zur Kleinstadt herrschende Hektik und Mehrarbeit musste er sich noch hineinfinden. Seine neuen Kollegen, etwas älter und erfahrener als er, behandelten ihn, wie er meinte, herablassend und kühl. Er vermutete, dass sie ihn, den Jüngling, als einen unwillkommenen Eindringling ansahen. Sein durch das Scheitern seiner Ehe angeschlagenes Selbstvertrauen war deshalb weiter tief gesunken.

Geradezu idyllisch erschien ihm in dieser Situation seine vergangene ruhige Tätigkeit in der kleinen Stadt mit ihrem die Sicht beherrschenden Fürstenschloss und dem darunter in ein fernes Meer gemächlich dahin ziehenden Fluss. Er war zwar als Fremder dorthin gekommen, hatte aber rasch Anschluss bei Gleichaltrigen gefunden. Zu seinem Leidwesen musste er später erkennen, dass sich bei diesen der Schuft befand, der ihm seine Frau wegnehmen sollte.

Schicksalhaft war für ihn der große ortsübliche traditionelle Fastnachtsball geworden, zu dem er, als Seeräuber verkleidet, erwartungsvoll mit seinen Kumpeln hingegangen war. Die Auskleidung des sonst nüchternen Saales der Stadthalle in faschingsmäßigen Farben und geringelten Papierschlangen, kunstvoll an Lampen und Decke hängend, die lustigen Faschingsmelodien gespielt von einer kostümierten Band, die vielen gutgelaunten Besucher, die die Fastnachtslieder mitsangen, insbesondere die Frauen in ihren bunten Kleidern, Kostümen und Masken, die ihm zulächelten und die mit ihm bereitwillig tanzten, bezauberten ihn, da er bis dahin so etwas noch nicht erlebt hatte. Das bildhübsche Mädchen aber im mit Stoffblumen bestickten rotem Gewand und dem goldfarbenen Krönlein auf dem Kopf, das ihn schelmisch ansah, hatte es ihm allein angetan. Sie schien sich jedes Mal zu freuen, wenn er auf sie zueilte, um mit ihr zu tanzen. Als der für ihn so herrliche Ball spät in der Nacht schließlich zu Ende ging, brachte er sie nach Hause, wo sie noch bei ihren Eltern wohnte. Sie hatten es nicht weit. In der gemütlichen kleinen Stadt mit ihren geringen Entfernungen konnte man jedes Ziel mühelos zu Fuß erreichen. Beim Abschied vor der Haustür küssten sie sich lange, inniglich verliebt ineinander, und verabredeten sich gleich für den Nachmittag dieses bereits angebrochenen Tages in der allseits bekannten Konditorei am Marktplatz, wo man den besten Kuchen in der Stadt essen konnte. Sie war seine erste große Liebe gewesen. Wie es in einem solchen Fall geht, hatte er geglaubt, nicht mehr ohne sie leben zu können. Die geschilderten Begebenheiten klingen etwas kitschig, aber alles hatte sich tatsächlich so ereignet.

„Fasching konnte man in dieser Kleinstadt wunderschön feiern", würde Andreas Hempel in sehr viel späteren Jahren begeistert seinen erwachsenen Kindern erzählen und versonnen hinzufügen, „niemals mehr habe ich woanders schöner Fastnacht erlebt. Stellt Euch vor, ich habe sogar eine der hübschen blutjungen Faschingsprinzessinnen gleich geheiratet. Ja, so etwas könnt ihr nicht mehr verstehen, heute wo man ohne Trauschein zusammen lebt und problemlos auseinander geht. Aber damals war so etwas nicht möglich. Schnell merkten wir, dass wir nicht zueinander passten und sind im Guten auseinander gegangen. Wir waren ja noch so jung."

Längst hatte er verdrängt, wie leidvoll für ihn damals diese Trennung gewesen war und er erbost seinen Bekannten und Kollegen erklärt hatte: „Bloß gut, dass ich mit der Hexe keine Kinder habe, sonst müsste ich ihr noch Alimente zahlen. Die Möbel in dem Haus soll sie ruhig behalten", wobei er verschwiegen hatte, dass diese als Mitgift ihrer Eltern sowieso ihr Eigentum waren. Er hatte nämlich außer seinem Rasierzeug, seiner Zahnbürste, seinem Computer und seinem Kleinwagen nichts weiter in die Ehe eingebracht.

Eine Ehescheidung, ein Anwalt vor Ort war bereits beauftragt worden, versprach bei diesen klaren Vermögensverhältnissen und der bereits vollzogenen Trennung der Ehepartner unproblematisch zu werden.

Die schönen und auch leidvollen Erinnerungen abschüttelnd, tappte unser Held schlaftrunken durch die Zimmer seines jetzigen Zuhauses, die achtlos verstreuten Kleidungsstücke aufsammelnd, um sich anzuziehen. Bei dem Gedanken an ein Frühstück wurde ihm direkt schlecht. Zu seinem Schrecken war er spät dran. Mit schmerzendem Magen und Kopf hastete er zur der nahen U-Bahnstation, um von hier aus wie nun jeden Tag halbstündig in das Stadtzentrum zu seinem Arbeitsplatz zu fahren. „So eine Trinkerei soll in Zukunft nicht mehr vorkommen", schwor er sich. „Vielleicht wäre es besser, den Abend in einem Restaurant oder in einem Kino in der Stadt zu verbringen und nur zum Schlafen nach Hause zu kommen?"

An der Haltestelle standen schon wartend einige Anwohner, die er bereits als Fahrgäste um diese Uhrzeit kennengelernt hatte. Da war der Sonderling, den man den zerstreuten Professor nannte. Wie zu erfahren war, arbeitete dieser in irgendeinem Institut als Wissenschaftler und träumte von einer Professur, aus der infolge seines Alters wohl nichts mehr werden würde. Freudig begrüßte Andreas den Kollegen von der anderen Bank, mit dem er gleich bei seiner ersten Fahrt zufällig ins Gespräch gekommen war. Dieser hatte ihn dann in die gemeinsame Runde der anderen Mitfahrenden eingeführt. Zu ihnen gehörten, alle älter als er, eine schwarzhaarige Industriekauffrau, eine Grundschullehrerin und ein Angestellter aus der Werbebranche, der heute nicht dabei war. Auf dessen leer gebliebenen Sitzplatz machte sich plötzlich, ohne zu fragen, jemand im wahrsten Sinne des Wortes breit, der an der folgenden Station neu hinzugestiegen war. Mit seiner dicken Aktentasche und der aufgeschlagenen Zeitung bedrängte er die neben ihm sitzende Industriekauffrau, die ein böses Gesicht machte und sich vernehmlich zu räuspern begann. Ohne ein Wort des Bedauerns rückte er ganz allmählich etwas zurück. Andreas empfand Widerwillen gegen den Eindringling. Die übrige Runde setzte nach einem betroffenen Schweigen die angefangene Unterhaltung über die von der Obrigkeit geplante und wegen der befürchteten Beeinträchtigungen allseits leidige Umgehungsstraße fort. Unseren guten Andreas interessierte das Thema nicht die Bohne und er schwieg dazu. Was kümmerten ihn die Sorgen der Vorortbewohner, denen er sich nicht zugehörig fühlte? Es war erstaunlich, der Neuankömmling, der sich so schlecht eingeführt hatte, begann sich jetzt geschickt in das Gespräch, welches ihn doch gar nichts anging, einzumischen, ja es sogar mit seiner Zustimmung über die geäußerten Bedenken an sich zu reißen. Siehe da, der Fiesling scherzte plötzlich mit der Industriekauffrau, die ihm nun freundlich zulächelte. Dann unterhielt er sich mit ihr und den anderen in der Gruppe über das schlechte Wetter in diesem Sommer, so als ob er schon lange mit allen von ihnen bekannt wäre. Andreas Hempel, nicht so redegewandt und von Natur aus schüchtern, seine Nochehefrau hatte ihn immer als Langweiler bezeichnet, schaute böse und voller Neid auf ihn.

Als er dann aufstand, um an seiner unterirdisch gelegenen Haltestelle in der Innenstadt auszusteigen, erhob sich auch der Neue von seinem Sitz. Gemeinsam mit Andreas schritt er zur Wagentür. Er wich auch auf dem Bahnsteig nicht von seiner Seite. Nach der Rolltreppe und dem Treppenaufgang aus der U-Bahnstation, als Andreas auf der Straße die Richtung zu seiner Bank einschlagen wollte, meinte sein ungebetener Begleiter, der ihm wie ein Schatten gefolgt war: „Ich glaube, wir haben den gleichen Weg." Überrascht und etwas unangenehm berührt sah Andreas ihn an. „Nun ja, diese Straße führt doch zu dem Viertel mit den Banken und Versicherungen, wo Sie doch vermutlich arbeiten, wie ich Sie einschätze. Ich selbst bin Mitarbeiter bei einem großen Versicherungsmakler. Da vorn ist schon das Büro. Vielleicht sehen wir uns wieder in der U-Bahn. Ich wohne seit kurzem auch da draußen wie Sie in der Pampa." Neugierig las Hempel vor dem Eingang des großen modernen Gebäudes auf einem der Firmenschilder in goldenen Lettern den Namen eines Maklers, der Geldermann hieß. Sein plötzlicher Bekannter war hinter der mächtigen gläsernen Tür zu dem in weißen Marmor ausgekleideten Eingangsbereich, der zu den Aufzügen führte, verschwunden. Sinnend über das überraschend Erlebte setzte Andreas seinen Weg fort zu seiner nicht mehr weiten Bank.

Nach Dienstschluss am Nachmittag und nachdem er sich von seinen Bankkollegen umständlich verabschiedet hatte, es gab immer viel, eigentlich meistens ziemlich Unwichtiges zu besprechen, suchte Andreas das kleine Café in der Nähe auf, wo er es sich jetzt zur Gewohnheit gemacht hatte, einen Espresso zu trinken und dabei die hier ausliegenden Zeitschriften zu lesen. Erschrocken wäre er am liebsten wieder rückwärts herausgegangen. Aber es war zu spät. Da saß doch der Typ von heute Vormittag zusammen mit einer etwas korpulenten Frau mittleren Alters an einem der Marmortischchen im Raum. Dieser hatte ihn sofort erspäht. „Setzen Sie sich doch zu uns", rief er. „Kommen Sie, ich lade Sie ebenfalls zu einem Gläschen Likör ein. Wir haben gerade eins zu uns genommen. Es schmeckt gut. Was kann das schlechte Leben schon nutzen?" Andreas war über dieses Wiedersehen nicht erfreut. Er konnte sich nicht erklären, weshalb er geradezu eine Abneigung empfand. Notgedrungen zog er einen freien Stuhl vom Nachbartisch heran und setzte sich zu dem nach seiner raschen Feststellung ungleichen Paar. Die Frau hatte zwei dicke Ringe mit irgendwelchen Edelsteinen an ihren unförmigen Fingern und einer großen vermutlich goldenen Brosche an ihrer Bluse, Andreas kannte sich mit Schmucksachen nicht besonders aus. Er fand diese Person recht plump. Sie lachte glucksend ein wenig zu laut. Vermutlich war der Likör bereits zu viel für sie. Sie passte in ihrer Aufmachung überhaupt nicht zu ihrem Galan, der ihr zärtlich über den Arm strich. Auf Grund der Einladung fühlte unser Andreas sich bemüßigt, ebenfalls eine Runde von diesem süßlichen Zeug auszugeben. Dieses Weib, wie er sie in Gedanken bezeichnete, war deutlich älter als ihr Begleiter. Dieser redete sie mit „meine liebe Henriette" an, machte jedoch keine Anstalten, sie näher vorzustellen. Nach kurzer Zeit rief er plötzlich, sich rasch erhebend: „So jetzt müssen wir aber gehen. Ich habe eine Verabredung mit einem wichtigen Kunden. Mein schönes Kind, was habe ich zu zahlen?", scherzte er mit der Kellnerin. Die dicke Frau war sichtlich überrascht, erhob sich aber gehorsam als ihr Begleiter ihr in die herbeigeholte Windjacke half. Andreas fühlte sich durch den raschen unvorhergesehenen Aufbruch etwas übergangen. Als er danach ebenfalls um seine Rechnung bat, stellte er fest, dass diese von dem ihm unbekannten Herrn bereits beglichen worden war.

Tags darauf war der Unbekannte nicht in der U-Bahn zu sehen. Andreas vermisste ihn nicht. Er hatte während der Fahrt in die Stadt Zeit, über diese Begegnung vom Vortag nachzudenken. Dieser Typ, so nannte er ihn für sich, musste wegen seiner leicht ergrauten Haare mittleren Alters sein. Er sah recht gut aus, das musste der Neid ihm lassen, trat dazu sehr gewandt auf und wirkte ziemlich sportlich. Vermutlich spielte er Tennis und beeindruckte Frauen, dachte Andreas bei dem letzten Punkt mit einem deutlichen Unbehagen. Da er ihn auch an den darauf folgenden Tagen nicht mehr erblickte, begann die Erinnerung zu verblassen. Die Aufgaben in seiner Bank nahmen ihn schließlich in Anspruch.

Jedoch bei einem Bummel an einem Wochenende in der Einkaufsmeile entdeckte er ihn plötzlich wieder. Arm in Arm diesmal mit einer elegant gekleideten, viel jüngeren Frau schritt der Fremde stolz daher. Andreas wich erschrocken zur Seite aus, um ein Zusammentreffen zu vermeiden.

Nach einem Arbeitsende und anschließendem Kinobesuch war Andreas in der Stadt zum Abendessen in eine Gaststätte eingekehrt. Den Gang zu seinem langweiligen Nachhause versuchte er immer so weit wie möglich hinaus zu zögern. Das abendliche Fernsehprogramm konnte ihn nicht fesseln. Am Tisch sitzend, ein Glas Bier vor sich und auf sein Essen wartend, legte plötzlich jemand von hinten die Hand auf seine Schulter. Überrascht schaute sich Hempel um. Da war wieder dieser merkwürdige Typ, der nun lachend rief: „Nein, so eine angenehme Überraschung, Sie hier zu treffen. Ich bin auch allein. Machen wir uns doch zusammen einen angenehmen Abend. Haben Sie schon etwas bestellt? Ich habe auch Hunger. Ich glaube, hier isst man ganz gut. Ich nehme dasselbe wie Sie, Rindfleisch mit Kartoffeln und der hiesigen berühmten grünen Soße. Ein Bier dazu tut auch gut." Ohne eine Erwiderung abzuwarten, nahm er auf dem gegenüber befindlichen freien Stuhl Platz. Neugierig und recht dreist fragte er sodann augenzwinkernd: „Erwartet Sie jemand zu Hause oder treffen Sie sich anschließend noch mit jemanden?" Andreas war so verblüfft und überrumpelt, dass er verneinte und kleinlaut gestand, gerade in Scheidung zu leben. In diesem Augenblick hätte er sich am liebsten selbst in den Hintern getreten, diesem Burschen seine Lage offenbart zu haben. Aber es war schon zu spät. Dieser lachte und sprach: „Machen Sie sich doch nichts daraus. Sie sind ja noch jung und sicherlich unternehmungslustig, wie ich Sie einschätze. Was meinen Sie, wie oft ich mich schon von Frauen getrennt, also geschieden habe? Kommen Sie, jetzt trinken wir darauf einen. Ober, für uns zwei einen Klaren vor dem Essen!" Andreas schluckte seinen anfänglichen Ärger herunter und ließ sich jetzt in ein Gespräch ein. Der Neue konnte gut unterhalten. Das musste man ihm lassen. „Übrigens die dicke Frau aus dem Café ist nicht meine Lebensgefährtin. Nicht, das Sie so etwas denken. Ich habe mit ihr nur ein Bratkartoffelverhältnis, wenn Sie wissen, was ich meine." Andreas nickte gehorsam. „Kenne aber noch andere Frauen. Sonst wäre das Leben doch langweilig, nicht wahr?" Das herbeigebrachte Essen unterbrach seinen Redeschwall. Danach, als zwei neue Gläser Bier vor ihnen auf dem Tische standen, stellte er sich verbeugend vor. „Ich bin Baron Papp, alter ungarischer Adel. Mein Vater war Offizier in Ungarn und ist nach dem Ende des Krieges nach Deutschland geflüchtet. Was blieb ihm anderes übrig. Er lebt nicht mehr. Auch meine Mutter ist tot. Sie war Rechtsanwältin. Ich bin hier geboren. Habe auch Jura studiert." Andreas war tief beeindruckt und schämte sich in diesem Augenblick, nicht studiert zu haben und nicht so hochwohlgeboren zu sein. Sein Vater, jetzt Rentner, war Bademeister in einem städtischen Schwimmbad und seine Mutter Kassiererin in eben diesem Bad gewesen. Sein

Familienname klang gegenüber dem Adeligen nicht gerade sehr erhebend. Später jedoch erinnerte er sich nur noch an unzählige Biere und Schnäpse, und dass der offensichtlich sehr trinkfeste Baron ihn, den Schwankenden, am Arm aus dem Lokal zur U-Bahn geführt hatte. In dieser musste er dann eingeschlafen sein, denn sein Begleiter, der offensichtlich mitgefahren war, rüttelte ihn plötzlich wach. „He, wach auf! Die nächste Station musst Du aussteigen. Ich verlasse Dich jetzt, ich bin nämlich an meinem Ziel." Lückenhaft kam Andreas ins Gedächtnis, dass sie Brüderschaft miteinander getrunken hatten, und dass der Baron mit Vornamen Julian hieß. Schlimm, wie man an diesem Abend versumpft war. Der Herr Baron hatte sich bei den Getränken vermutlich übergebührlich frei halten lassen. Andreas stellte beim Blick in seinen Geldbeutel fest, dass der am Vortag am Automaten abgehobene Betrag, der für eine ganze Woche reichen sollte, bis auf einen winzigen Rest nicht mehr vorhanden war. „So geht das nicht weiter, es muss anders werden", schwor er sich mit schmerzendem Schädel am nächsten Morgen.

Dann beim Aussteigen auf dem Bahnsteig der Tiefbahnstation traf er seinen neuen Freund wieder. „Hoch die Gläser, hoch das Leben", brüllte dieser als er ihn sah, wobei er wie im Theater seine Arme hoch riss. Andreas rief zur Erwiderung „Tralala!" Er wusste vage, dass das die Erwiderung auf das Trinklied aus irgendeinem Musikstück war. „Menschenskind warst Du gestern Abend voll. Was macht der Kater?" lachte schallend der Baron. „Übrigens hast du Lust, mit mir am Freitagabend auf eine Salsa-Party zu gehen? Da kommen Frauen hin, die wir aufreißen können. Es wird höchste Zeit, dass du einmal unter die Leute kommst. Schlage vor, dass wir uns um 19 Uhr hier auf diesem Bahnsteig treffen. Also abgemacht, wir sehen uns dann zu diesem Zeitpunkt. Heute und die übrigen Tage habe ich keine Zeit mehr. Schließlich muss man auch seine Brötchen verdienen, nicht wahr?" Zum Erstaunen von Andreas schlug der Baron nach Verlassen der Bahnstation ohne Erklärung eine ganz andere Richtung als zu seinem Büro ein. Gerade, dass dieser ihm zum Abschied noch kurz zuwinkte. Und nach Feierabend sah er aus der Ferne ihn wieder in der belebten Einkaufsstraße, diesmal eng umschlungen mit einer weißhaarigen, elegant gekleideten, älteren Frau. Andreas wunderte sich überhaupt nicht mehr. „Was geht es schließlich mich an", redete er sich ein. „In diesen Kreisen verkehrt man wohl ganz anders miteinander. Vielleicht sollte man zu diesem windigen Menschen eine gewisse Distanz wahren, ohne den Verkehr ganz mit ihm abzubrechen, denn er ist so witzig und unterhaltsam", dachte er, wobei er sich schon auf den bevorstehenden Party-Abend freute.

Rechtzeitig stand er an dem vereinbarten Treffpunkt. Nur unser Baron war nicht zur Stelle. Andreas wartete geduldig die Ankunft der nächsten U-Bahn ab. Auch aus dieser stieg der Betreffende nicht aus. Vielleicht war er schon oben auf der Straße? Ebenfalls Fehlanzeige. Andreas Hempel, der Unpünktlichkeit hasste und jetzt böse wurde, sah sich schon um den

Abend betrogen, als ein der Luxusklasse zugehöriges Auto hupend am Bürgersteig hielt. Hinter dem Lenkrad war der Baron Papp, der ihm zuwinkte. Neben ihm saß eine schlanke junge Frau. „Komm, steig ein, wir wurden durch einen Stau aufgehalten", rief er durch die herunter gekurbelte Seitenscheibe, „mach rasch, wir stehen hier im Halteverbot." Aufatmend ließ sich Andreas in den Rücksitz fallen. „Das ist Inge Heltau, eine Spezialistin für Salsa. Sie lädt uns zu einer privaten Tanzveranstaltung im Saal der Volkshochschule ein. Hinterher gehen wir noch was trinken. Was sagst du übrigens zu meinem neuen Wagen? Ist er nicht super?" Andreas schwieg überrascht und staunte schon nicht mehr, wie es dieser Julian fertig brachte, ein teures Fahrzeug zu besitzen und zugleich die auf dem Beifahrersitz sportlich aussehende Frau aufzugabeln.

„Wir haben Glück", rief jener plötzlich, „da vorn an der Schule gibt es noch Parkplätze". „ Nur weil um diese Zeit sonst in dieser Gegend nichts mehr los ist", ergänzte seine Begleiterin, als sie am Ziel der Fahrt die Wagentür zum Aussteigen öffnete. Tanzmusik ertönte beim Betreten des Gebäudes. Die Tanzerei war bereits im vollen Gange. Die als Spezialistin bezeichnete junge Frau machte es sich zur Aufgabe, den schüchtern herumstehenden Andreas in dem für ihn neuen Salsa-Tanz zu unterweisen. „Der Herr setzt den linken Fuß vor, die Dame geht dann mit ihren rechten Fuß zurück, mit dem zweiten und dritten Taktschlag geht er, der Führende, mit seinem linken Schritt wieder zurück, während dann die Dame rechts ihren Fuß entsprechend dem Takt vorsetzt. Das Ganze erfolgt im 4/4 Takt. Der Grundschritt auf die Taktfolge 4 – 5 erfolgt genau umgekehrt. Charakteristisch ist eine Pause auf den jeweils vierten Schlag eines Taktes. Er, der Herr, legt seinen rechten Arm unter die Achsel der Dame beim Führen. Kommen Sie, wir versuchen es, ich zeige es Ihnen", rief sie, in dem sie Andreas auf die Tanzfläche zog. Er war erleichtert, dass er sich nicht ungeschickt anstellte und rasch begriff. Er fühlte, wie durch diesen an sich winzigen Erfolg sein durch die leidvollen Erlebnisse geschwundenes Selbstvertrauen wieder wuchs. Danach tanzte seine Lehrmeisterin mit Julian Papp, der, wie sollte es anders sein, auch beim Tanzen eine sehr gute Figur abgab. Beide schienen überhaupt sehr miteinander vertraut zu sein. Aber Andreas Hempel schaute sich unterdessen unternehmungslustig nach einer anderen Dame als mögliche Tanzpartnerin um. Es erwies sich als etwas schwierig, da die meisten mit ihrem männlichen Partner gekommen waren. Da betrat eine nicht mehr ganz so junge, etwas reifer aussehende Frau den Saal, der Inge Heltau aus der Mitte der Tanzfläche freudig zuwinkte und sie als ihre Arbeitskollegin bei der Finanzbehörde vorstellte. Ängstlich wehrte die Neuangekommene unseren jungen Mann ab. Sie beherrsche diesen Tanz ja gar nicht. Andreas, ungeahnt kühn geworden, legte, wie er es vorher gelernt hatte, einfach den Arm um sie und versicherte, er werde ihr die notwendigen Schritte zeigen. Lachend erklärte er, er habe dieselben ja gerade durch ihre Kollegin gelernt. Zufrieden stellte er fest, dass sich seine neue Tänzerin trotz unwilliger

Miene wenigstens führen ließ. Inge Heltau. die mit Julian neben ihnen tanzte und sie beide von der Seite aus beobachtete, schien jedenfalls nichts auszusetzen zu haben. Groß in das Gespräch kam Andreas mit seiner Dame nicht. Zurückhaltend und fast mürrisch antwortete sie auf seine Fragen. Aber das bekümmerte ihn nicht. In seinen Augen war sie nicht attraktiv und nicht aufregend. „Was soll es, ich will ja nur mit ihr tanzen, sonst nichts!"

Der Tanzabend ging nun zu Ende. Die Volkshochschule, die den Raum zur Verfügung gestellt hatte, wollte ihre Pforte schließen. „Wir gehen alle zusammen noch etwas trinken. Ich weiß ein nettes Lokal, fahren wir mit meinem Wagen schnell dorthin", rief Julian Papp. Auch die Neue war nach kurzem Zögern nicht abgeneigt. Andreas war erleichtert. Er hatte befürchtet, allein nicht mitgenommen zu werden. Nun war der angebrochene Abend doch noch gerettet. Die von Julian ausgewählte Gaststätte lag fast am Stadtrand. Sie erwies sich als sehr gemütlich. Der Baron schien sich gut auszukennen. Zielstrebig steuerte er auf den freien großen runden Tisch in der Nische zu. Lächelnd wurde er von dem Wirt begrüßt. „Ich esse gebratene Rinderleber Berliner Art, das ist hier die Spezialität des Hauses, dazu trinke ich einen Riesling aus dem Rheingau", rief er gutgelaunt. Erwartungsvoll nahmen die übrigen neben ihm Platz. Nach den einleitenden Gesprächen, in denen man sich gegenseitig noch einmal richtig bekannt machte, war zu erfahren, dass Inges Kollegin Waltraut Buseler hieß. Andreas ergriff zögernd das Wort. Voller Neugierde nahm er die Gelegenheit wahr, Julian, der ihm nach wie vor ein Rätsel war, etwas näher auszuforschen. Bereitwillig und lachend gab dieser Auskunft. „Ja, ich stamme aus einem alten ungarischen Adelsgeschlecht. Wir sind sogar, zwar etwas entfernter, aber doch mit dem englischen Königshaus verwandt. Mein Vater war im zweiten Weltkrieg ungarischer Verbindungsoffizier beim deutschen General Guderian. Was mein alter Herr so alles erzählte, es waren heroische Zeiten, wo man mit einem Fanfarenklang geweckt wurde. Nach dem Ende des Krieges musste meine Familie aus Ungarn fliehen. Wir kamen nach Deutschland. Ich habe in München Jura studiert. Meiner damaligen Zimmerwirtin, die immer herumlästerte, habe ich rechtzeitig das Maul gestopft, als ich ihr erzählte, ich habe schon so manchen ins Gefängnis gebracht. Sie hat über mich niemals mehr etwas gesagt. Nun ja, ich habe nicht gerade mustergültig gelebt. Dann wurde ich Assistent bei einem Bundestagsabgeordneten, Da dort die Bezahlung meinen Ansprüchen nicht genügte, schied ich aus, ergriff den Maklerberuf und verdiene gut. Jetzt also bin hier."

Die beiden Frauen am Tisch hingen wie gebannt an den Lippen des Barons. Andreas, der mit nichts dergleichen, weder über seine Familie noch über seinen als unbedeutend empfunden Werdegang, aufzuwarten hatte, fühlte sich ausgeschlossen. Er beneidete wiederum Julian um dessen Witz und Fähigkeit, stets der Mittelpunkt einer Geselligkeit zu sein.

Dieser wandte sich augenzwinkernd den Frauen zu. „Wisst ihr, dass unser junger Freund hier, der ausschaut, als könne er kein Wässerchen trüben, schon

in Scheidung lebt? Wer hätte das von ihm gedacht?" Nun war es heraus. Schlimm war das ja eigentlich gar nicht. Andreas stimmte befreit in das Gelächter mit ein. Er fühlte auf einmal wachsendes Interesse bei den beiden Damen. Nun hatte er etwas zu erzählen. Er war plötzlich auch in den Mittelpunkt gerückt. Es stellte sich heraus, dass seine Tanzpartnerin, die bisher so schweigsam und abweisend war, sich ebenfalls vor längerer Zeit von einem Partner getrennt hatte. Sie sei wenigstens nicht mit ihm verheiratet gewesen, fügte sie hastig hinzu. Sie habe ihn aus ihrer Wohnung rausgeworfen, weil er sich heimlich mit einer anderen Frau eingelassen und sie schamlos belogen hätte, brach es aus ihr heraus. „Geteiltes Leid ist halbes Leid", kam es Andreas in den Sinn, als sie kurz ihre bösen Erfahrungen schilderte. Er ertappte sich, dass er ihr nur mit halbem Ohr zuhörte. Ihr Vorleben interessierte ihn nicht. Schließlich wollte er ja von ihr nichts. Jedoch fühlte er eine große Erleichterung, über das zu sprechen, was ihn bisher stark bedrückt hatte. Anscheinend ging es dieser Waltraut neben ihm ähnlich, wie er an ihrem Gesichtsausdruck bemerkte. Inge Heltau, die aufmerksam zugehört hatte, warf ein, auch sie habe früher einmal mit einem Freund Schluss gemacht.
Julian Papp lachte nach diesen Bekenntnissen laut auf. „Auch ich habe mich vor langer Zeit von einer Frau getrennt. Das war ein Besen. Was hatten wir uns immer gestritten! Sie wollte hinterher völlig grundlos noch Geld von mir, sozusagen als Entschädigung. War eine Unverschämtheit. Bei mir biss sie jedoch auf Granit. Wozu bin ich Jurist? Auf unsere Erlebnisse

müssen wir jetzt einen trinken! Herr Wirt, eine Flasche von ihrem guten Riesling aus dem Rheingau. Die geht auf meine Rechnung." „Was für ein schöner Abend, jetzt habe ich neue Freunde gefunden", dachte Andreas glücklich und nahm einen großen Schluck Wein zu sich.

Aber alles angenehme Zusammensein geht einmal zu Ende. Die Nacht war inzwischen weit vorgerückt. Sie waren die letzten Gäste in der Gastwirtschaft. „Keine Sorge, ich bringe euch alle mit meinem Auto nach Hause", rief der Baron, wobei er beim Aufstehen bedenklich schwankte. „Auf keinen Fall, du kannst nicht mehr fahren, Du lässt deinen Wagen hier stehen", bestimmte Inge Heltau energisch. „Wir nehmen alle zusammen ein Taxi, die Straßenbahnen, Busse und U-Bahnen fahren um diese Uhrzeit nicht mehr." Andreas fühlte, dass er durch den ungewohnten Alkoholgenuss in der frischen Nachtluft ebenfalls ins Schwanken geriet. Erleichtert nahm er auf dem Hintersitz des Taxis zwischen den beiden Frauen Platz. Er war müde und freute sich auf sein Bett zu Hause. Julian hatte sich auf den Vordersitz zu dem Fahrer gesetzt und gab diesem mit lauten Worten an, wohin er seine Fahrgäste zu bringen habe. „Vielleicht sehen wir uns einmal in der Stadt", versuchte Andreas ohne innere Überzeugung Waltraut Buseler zu einem Treffen mit ihm zu bewegen, als sie als erste ausstieg. „Ja vielleicht", erwiderte sie kühl und schritt ohne sich umzusehen zu der Haustür, wo sie wohnte.
Als das Fahrzeug erneut hielt, um Julian und Inge heraus zu lassen, schreckte Andreas auf. Er war näm-

lich schon eingeschlafen. Schlaftrunken sah er, wie die beiden eng umschlungen auf einen Hauseingang zuschritten. Dort musste sicherlich Inge wohnen. Offensichtlich übernachtete er bei ihr. Andreas wunderte sich nicht. Zwar beneidete er diesen Casanova um seine Erfolge. Im Augenblick war er dazu jedoch zu müde und ließ sich in das Wagenpolster zurückfallen. Er wollte jetzt nur nach Hause und schnell in sein Bett.

In dem Vorort, seinem Zuhause, angekommen, verlangte der Fahrer zu seiner Überraschung von ihm den vollen Fahrpreis für alle beförderten Personen. Dieser war wegen der langen Nachtfahrt ziemlich hoch. Keiner seiner Mitfahrer hatte für nötig empfunden, wenigstens etwas für ihre Fahrt beizusteuern. Andreas fand dies ausgesprochen schofel. Er hatte außerdem den Verdacht, vom Taxifahrer ordentlich übers Ohr gehauen worden zu sein. Er ärgerte sich maßlos und schlief deshalb schlecht. Der nächste Tag, ein verregneter und somit langweiliger Sonntag, war nicht dazu angetan, seine Stimmung zu heben.

Jedoch brachte dann der Montag ihm so reichlich Arbeit, dass die Erinnerung an sein Erlebnis verdrängt wurde. Er musste für einen erkrankten Kollegen einspringen. Todmüde ließ er sich am Abend in sein Bett fallen.

Gegen Mitte der Woche, arbeitsmäßig endlich etwas zur Ruhe gekommen, fasste er den spontanen Entschluss, diese zickige Waltraut Buseler bei ihrer

Behörde einmal anzurufen, um sich ganz harmlos zu erkundigen, wie es ihr und den Anderen seit dem gemeinsamen Abend ergangen war. Julian hatte er nämlich noch nicht zu Gesicht bekommen. Seitdem der Kerl ein Auto hatte, war er wohl zu vornehm, jetzt noch die gewöhnliche U-Bahn zu benutzen. Er ließ sich bei der dortigen Zentrale mit ihr verbinden. Auf Grund ihres bisherigen Verhaltens hatte er mit einem kühlen unverbindlichen Gespräch gerechnet. Er war überrascht, dass sie sich, nach ihrer Stimme zu urteilen, über seinen Anruf offensichtlich freute. Sie habe den Samstagabend als sehr nett empfunden, sagte sie. „Übrigens, was bin ich Ihnen für die Taxi-Fahrt schuldig? Es war sehr dumm von mir. Ich habe beim Aussteigen gar nicht daran gedacht. Erst in meiner Wohnung ist mir mein Unterlassen siedendheiß bewusst geworden. Inge konnte mir weder sagen, wo Sie arbeiten und wo Sie wohnen, noch was es gekostet hat. Ihr Julian hat augenscheinlich auch vergessen, zu bezahlen. Ich bitte Sie vielmals um Entschuldigung! Aber vielleicht können wir uns heute nach Dienstschluss treffen, um das zu regeln." Andreas schlug erfreut das Café vor, in dem er zum ersten Mal mit Julian zusammen gesessen war. Vielleicht würde dieser zufällig auch dort sein und seinen Anteil ebenfalls zahlen, überlegte er spitzfindig.

Waltraut war zu der verabredeten Zeit pünktlich zur Stelle, was der ordnungsliebende Andreas als sehr angenehm empfand. Seine Ex - das heißt seine Nochehefrau - kam immer zu spät. Als er sich ganz zu Anfang darüber beschwerte, hatte sie gelacht und ihn einen verknöcherten Pedanten genannt. Woher sie dieses Fremdwort hatte, was aus ihrem Munde etwas ungewöhnlich klang, war ihm ein Rätsel geblieben. Zuletzt jedenfalls hatte sie ihn als spießig beschimpft.

Die nicht mehr ganz so junge, kleinere, leicht rundliche Frau mit etwas vorstehenden Gebiss, was aber nicht weiter auffiel, ihm gegenüber an dem Tischchen in dem Kaffeehaus sah eigentlich doch nicht so unvorteilhaft aus, wie er sie im Gedächtnis hatte. Sie schien für klare Verhältnisse zu sein, denn sie schnitt sofort das Thema der von ihr geschuldeten Taxifahrt an, was unserem Andreas wiederum gefiel. Wie man bei Bankmenschen häufig bemerkt, war auch er in Geldsachen sehr genau, nach dem Volksmund ein „Pfennigfuchser", aber das war zu den Zeiten der alten Währung. Trotzdem gab er sich großzügig und erklärte, auf Grund ihrer nur kurzen Fahrtstrecke sei sie ihm nichts schuldig. Schließlich sei er danach übers Land gefahren. Daran habe sie sich wirklich nicht zu beteiligen. Lächelnd erwiderte sie: „Dann lassen Sie mich bitte hier die Rechnung im Café übernehmen. Das werden Sie doch mir nicht abschlagen. Es ist mir nämlich schrecklich peinlich, jemanden etwas schuldig zu bleiben." Unser guter Andreas hatte gegen dieses Angebot nichts einzuwenden. Sie gefiel ihm immer besser.

Nach einigen gewechselten Worten verschwand das Lächeln aus ihrem Gesicht und sie fragte, ob er Julian Papp schon länger kenne, und danach sehr ernsthaft, was er von ihm halte. Andreas berichtete verlegen, wie er ihn kennen gelernt hatte, und dass er kaum etwas über ihn wisse. Seine Beobachtungen, ihn mit anderen Frauen gesehen zu haben, verschwieg er. Er wollte nicht petzen. Nach einem kurzen Nachdenken begann sie zu sprechen. Er erfuhr von ihr, dass sich Julian bei ihrer Arbeitskollegin und Freundin Inge Heltau eingenistet habe, was er durch seine Beobachtung aus dem Taxi bereits vermutet hatte. Für ihn überraschend war zu hören, dass Papp schon länger bei ihr wohnte. „Wozu hält er sich dann noch in einer Wohnung in einem Vorort auf?", fragte sich Andreas. Lebte dort eine der anderen Frauen, die er mit Julian zusammen in der Stadt erblickt hatte? Ihm wurde bewusst, dass er überhaupt nichts über seinen vermeintlichen Freund wusste. Waltraut berichtete, Julian Papp habe sich mit seinen Sachen in der kleinen Wohnung von Inge breit gemacht und trage nichts zum gemeinsamen Haushalt bei. Er ließe sich nach Strich und Faden von ihr bedienen und verköstigen, ohne etwas zu bezahlen.

Andreas hatte keine Lust, näher darauf einzugehen. Was ging ihn die Beziehung zwischen den beiden an? Schließlich hatte er in dieser Hinsicht seine eigenen bösen Erfahrungen gemacht. Aber er hütete sich, diesen Gedanken laut werden zu lassen. Als sie aufbrachen, wollte er höflich sein, und fragte sie, ob man sich zur Fortsetzung der begonnen Unterhaltung nicht irgendwo einmal wieder treffen könnte. Waltraut lächelte und sagte, sie habe immer wenig Zeit. Morgen Abend habe sie beispielsweise Frauenturnen, dann an den nächsten beiden Abenden Englisch- und Spanischkurse und am Samstagabend ein Konzert im

Saal des hiesigen Rundfunks. Sie habe ein Abonnement. Sonst könne man ja telefonieren und sich vielleicht irgendwann verabreden. Andreas überlegte, ob er sich eine Karte für dieses Abendkonzert besorgen sollte, um dort Waltraut rein zufällig zu begegnen. Dann würde es sich herausstellen, ob sie tatsächlich allein wäre. Wenn er nachdachte, hatte er noch nie eine richtige Konzertaufführung erlebt. Die Schulkonzerte mit dem Schulorchester in der Aula meist am Ende des Schuljahres, die er mit Eltern und den übrigen Schülern gehört, und die er als ziemlich langweilig empfunden hatte, zählten doch wohl nicht. Große Lust auf das Konzert hatte er eigentlich nicht.

Dann jedoch, an dem verregneten Samstagnachmittag, als ihm zu Hause die Zimmerdecke gleichsam auf den Kopf fallen wollte, beschloss er zu guter Letzt, in die Stadt zu fahren und zu versuchen, an der Abendkasse eine Eintrittskarte zu erhalten. Falls es nicht klappen sollte, würde er irgendwo ins Kino gehen und hinterher in einer Kneipe ein Bier trinken. Wider Erwarten erhielt er noch eine Karte, in seinen Augen recht teuer. Waltraut entdeckte er erst in der Pause, als sie aus einer der hinteren Sitzreihen aufstand, um wie die anderen Besucher ins Foyer zu streben. Hastig arbeitete sich Andreas durch die Besuchermenge zu ihr vor. Erstaunt sah sie ihn an, als er glücklich vor ihr stand. Sie war jedoch nicht allein. „Dies ist meine Mutter", machte sie ihn mit der älteren Dame neben ihr bekannt. Andreas war nicht enttäuscht, denn die beiden Frauen zogen ihn sogleich ins Gespräch. Er war angenehm überrascht, dass sich Waltraut offensichtlich über die Begegnung mit ihm freute. „Wie hat Ihnen das Konzert bis jetzt gefallen?", fragte sie ihn. „Hat der Pianist Demiani nicht wunderbar in diesem Klavierkonzert von Mozart gespielt?" Andreas nickte pflichtschuldig. Er hatte nichts an dessen Spiel auszusetzen. Wie sollte er auch das bei seiner Unmusikalität? Diese hatte sein Musiklehrer bei ihm damals in der Schule bei dem faden Liedersingen festgestellt. „Der Höhepunkt kommt jetzt nach der Pause. Es ist die Symphonie Fantastique von Hector Berlioz, diese wird Ihnen sicherlich gefallen", mischte sich die Mutter in das Gespräch ein und fuhr fort, „haben Sie Lust, uns nachher noch in das gegenüber liegende Restaurant zu begleiten?" „Das ist eine gute Idee", rief Waltraut, „wir pflegen einen solchen Abend immer mit einem Schlummertrunk abzuschließen - für mich allerdings nichts Alkoholisches, ich muss noch Auto fahren." Andreas nickte freudig. Er schien Mutter und Tochter zu gefallen. Er fand Waltraut recht nett und in ihrem dunkelroten Kleid gut aussehend.

Ungewohnt redselig konnte er sich danach in der Gastwirtschaft mit den beiden Frauen unterhalten. Er wunderte sich selbst darüber. Trotz des Protestes von Waltraut beglich er anschließend die gesamte Rechnung beim Kellner, indem er sich bei seinen Damen galant für das wunderschöne Beisammensein bedankte. Als Gegenleistung bestand Waltraut darauf, ihn in ihrem Auto, das sie im nahen Parkhaus abgestellt hatte, mitzunehmen und nach Hause zu bringen. Der Vorort, in dem er wohne, sei keine große

Entfernung. Bei der Rückfahrt würde sie ihre Mutter, deren Wohnung auch in dieser Richtung läge, absetzen.

Als Andreas nach Dienstschluss in der darauf folgenden Woche in der Stadt die ihm fehlenden Sachen für das Abendbrot zu Hause, nämlich Brot, Butter, Aufschnitt und Käse, einkaufen wollte, entdeckte er vor dem Eingang des Supermarktes seinen Freund, den Baron. Dieser schien auf jemanden zu warten, denn er blickte aufmerksam in die andere Richtung der Straße. Erfreut sprach ihn Andreas von hinten an. Erschrocken wendete sich der Baron um. Er schaute missmutig drein. Doch dann hellte sich sein Gesicht auf. Andreas entschuldigte sich hastig, wenn er gestört haben sollte. Julian ergriff seinen Arm. „Komm, wir gehen jetzt in die Eisdiele. Will einen Eiskaffee trinken. Es ist sehr heiß. Wollte mich mit so einem blöden Kunden treffen. Stehe hier schon fast eine Ewigkeit dumm herum. Jetzt kann er mich mal!"

Papp machte dabei einen bedrückten Eindruck. Irgendwie wollte sich seine bekannte frühere Fröhlichkeit heute nicht einstellen. „Bin gerade in einer großen Verlegenheit. Sag, kannst du mir bitte vielleicht mit fünfhundert Euro nur bis übermorgen aushelfen? Du kriegst es dann von mir bestimmt zurück. Ich gebe dir mein Ehrenwort." Andreas war betroffen. Das hatte er wirklich nicht erwartet. Die Taxikosten, was er leise gehofft hatte, bekam er nicht mehr zurück. Die konnte er gleich in den Wind schreiben. Nur ungern verlieh er Geld. Sein Gegenüber schien es zu merken. Hastig und verlegen sagte er: „Ich will Dir alles erklären. Ich war wie du verheiratet und habe einen kleinen Sohn. Rosemarie, meine frühere Frau, lebt mit dem Kind in Freiburg. Ich muss ordentlich zahlen. Das kannst Du mir glauben. Der Kleine hat sich zu seinem Geburtstag ein Kinderfahrrad gewünscht. Habe es hier gekauft. Ein Bekannter von mir hat es gestern im Auto mitgenommen. Nun bin ich geradezu pleite. Möchte bei meiner Bank nicht in die Miesen kommen. Erwarte aber auf meinem Konto den Eingang einer größeren Provisionszahlung. Dann bin ich wieder flüssig. Zudem will ich heute Abend mit Inge einmal richtig ausgehen. Habe es ihr versprochen. Da brauche ich auch etwas Geld. Du verstehst?" Andreas fühlte sich überrumpelt. Schließlich verdankte er Julian, dass dieser ihn aus seinem Alleinsein in der großen Stadt gleichsam befreit hatte. „Ich habe gerade zweihundert Euro in meinem Geldbeutel übrig. Würde Dir das genügen?", sprach er gepresst. „Na ja, immerhin etwas, gib schon bitte her", lachte Julian. „Zum Edelitaliener wird es nicht langen. Der ist zu teuer. Ein billigeres Lokal muss ausreichen. Für mich selbst brauche ich ja auch noch was. Ja mein Lieber, man muss sich einmal erholen können. Was musste ich da früher in Freiburg alles aushalten! Dieser ständige Stress und Zank wegen des leidigen Geldes, welches in den Augen von Rosemarie nie genug war. Weißt Du, es gibt Frauen, die wollen nur haben und nichts geben. Da muss man wie ich, einen Schlussstrich ziehen. Im Gegensatz zu Dir muss ich ihr Alimente zahlen, obwohl sie mit einem reichen

Freund zusammen lebt. Ist das gerecht? Da bist du besser dran. Ja, ja, es gibt viel Ungerechtigkeit in der Welt. Im Griechischunterricht in meiner Schulzeit haben wir über einen griechischen Philosophen gelesen, der gesagt hat, „Gerechtigkeit zwar ist ein hohes Gut, besser ist die Gesundheit, aber der Gipfel der Lust ist, wenn man seinen Wunsch erfüllt sieht." Dieser einfachen Weisheit stimme ich voll und ganz zu. Aber jetzt muss ich mich beeilen, wird höchste Zeit, bin schon viel zu spät dran. Tschüss!" Nach diesen Worten erhob sich Julian blitzschnell aus seinem Stuhl und stürmte Andreas noch kurz zuwinkend aus dem Eissalon.

Seinen Eiskaffee hatte er bei seinem raschen Aufbruch natürlich nicht bezahlt. Böse übernahm Andreas auch diesen Betrag. Uhrzeit und Treffpunkt für die Rückzahlung war in der Eile ebenfalls nicht vereinbart worden. In diesem Augenblick wurde ihm auch bewusst, dass in drei Tagen seine Urlaubsreise in die Türkei begann, die er in Form einer Rundreise von über einer Woche im Bus bei einem Reiseveranstalter gebucht hatte. Das hatte er beim Weggeben der zweihundert Euro, die für seinen Urlaub vorgesehen waren, nicht bedacht. Andreas ärgerte sich über seine Nachgiebigkeit, da er nämlich knapp bei Kasse war. Sein Bankkonto befand sich noch aus der Zeit seiner Ehe im Minus, weshalb ihn seine Bank für die Kontoüberziehung innerhalb des ihm gewährten Kreditrahmens, wie sie es in solchen Fällen stets tut, mit hohen Zinsen belastete. Er war gerade erfolgreich dabei, diese Last abzutragen. Darüber nachdenkend, begann das nun verliehene Geld schwer auf seiner Seele zu lasten.

Ursache dieser Misere war gewesen, dass sie, die jungen Eheleute, wie man so schön sagt, über ihre Verhältnisse gelebt hatten. Beide besaßen ihr eigenes Auto, was in einer Kleinstadt, wo man bequem alles zu Fuß erreichen kann, sicherlich unwirtschaftlich ist. Dann wurde urplötzlich eine größere Reparatur an dem Heizkörper in dem von ihnen bewohnten Reihenhaus notwendig, es kamen hinzu die Anschaffung eines teuren Fernsehers, eines Wäschetrockners und der aufwändige Skiurlaub in den Alpen, was alles zusammen gerechnet erheblich ins Geld gegangen war. „Es muss anders werden", verkündete Andreas bedeutsam gegen Monatsende am ehelichen Frühstückstisch. Jedoch wurde nichts anders. Die Disko – und die kostspieligen Wirtshausbesuche, jedes Mal mit reichhaltigem Abendessen und anschließendem Trinkgelage in Gesellschaft mit den gleichaltrigen Freunden, die sich „Die Clique" nannten, machte die Finanzlage nicht besser. Sein Nebenbuhler, von dem er damals noch nicht wusste, dass er einer war, hatte immer ein altes Studentenlied mit dem Schlussreim angestimmt, „was nutzen mir die Kreuzerlein, wenn ich gestorben bin." Andreas hatte mit den Anderen fröhlich mitgegrölt und hinterher dann kräftig bezahlt, mitgerechnet die zahlreichen Runden an Bieren und Schnäpsen, die er spendiert hatte.
Richtig wütend machte ihn jetzt die Erkenntnis, dass dieser Kerl aus reichen Verhältnissen stammend, der sich im Gegensatz zu ihm alles leisten konnte, eigent-

lich bei der Bezahlung damals nach seinen Beobachtungen immer gut weggekommen war.

„Nun bin ich glücklich auch noch zu einem Gläubiger geworden", sprach er laut vor sich hin und schlug sich mit der Hand an seine Stirn. „Alles muss anders werden", ergänzte er wiederum nun still für sich.

Am späten Nachmittag des Tages vor seiner Urlaubsreise, an dem er spätestens das Geld zurückerhalten sollte, bekam er den Baron nicht zu Gesicht, trotz emsigen Ausschauens in der belebten großen Straße der Innenstadt, wo dieser sonst um diese Zeit sehr oft anzutreffen war. Ein Anruf in dem Maklerbüro, das den Baron nach seiner Aussage beschäftigte, erbrachte nichts, da nur noch der Anrufbeantworter in Betrieb war. Wegen des schönen Wetters hatte man dort vermutlich früher Schluss gemacht. Die Möglichkeit, ihn gegen Abend bei seiner Freundin Inge aufzusuchen, verwarf Andreas nach einigem Nachdenken. Es kam ihm in den Sinn, dass Julian weiterhin in Geldschwierigkeiten stecken musste, da er sich in der Stadt nicht sehen ließ. Die äußerst peinliche Situation, dass Inge womöglich für ihren klammen Freund einspringen würde, wollte Andreas unbedingt vermeiden, um nicht auf diese Weise eine Freundschaft, so fragwürdig diese erschien, zu zerstören. Er fürchtete sich nämlich vor einem erneuten Alleinsein in der großen Stadt.

Aber da gab es doch glücklicherweise Waltraut, die gerade mit ihrer Mutter zusammen Urlaub an der Nordsee machte. Sie hatte ihm vor paar Tagen erst eine nette Ansichtskarte aus ihrem Urlaubsort geschickt, was ihn sehr überrascht und erfreut hatte. Sie dachte also noch an ihn und hatte sogar seine Anschrift in Erfahrung gebracht. Als sie ihn nach dem Konzertbesuch zusammen mit ihrer Mutter nach Hause gefahren und an Hand seiner Hinweise glücklich vor seinem Hause abgesetzt hatte, war damals seines Wissens der Name der Straße unerwähnt geblieben. Nun wurde ihm auf einmal richtig bewusst, dass man sich nicht nur gut mit ihr unterhalten konnte, sondern dass sie sogar gar nicht übel aussah. Plötzlich begann er, sich nach ihr zu sehnen. Er nahm sich vor, sofort nach seiner Rückkehr mit ihr Verbindung aufzunehmen, um sie so rasch wie möglich wiederzusehen. Die Sache mit Julian wurde für ihn jetzt zweitrangig.

Seine Urlaubsreise im Bus war infolge der täglich neuen Besichtigungen von Kulturdenkmälern, jedes Mal unter sachkundiger Führung, anstrengend gewesen. Andreas konnte zuletzt gar nicht mehr sagen, was er alles gesehen hatte. Fleißig hatte er Waltraut Postkarten von diesen Sehenswürdigkeiten geschickt, die natürlich alle verspätet eintreffen würden. Aber an Hand dieser Karten, rechnete er sich aus, ließe es sich besser über die Reise berichten. Während der ganzen Reise freute er sich schon auf das Wiedersehen mit ihr.
Erwartungsvoll rief er gleich nach seiner Rückkehr Waltraut in ihrem Amt an, um das ersehnte Treffen mit ihr zu verabreden. Ihre in seinen Ohren so ange-

nehm klingende Stimme war sofort am Apparat zu hören. Auch sie schien sich zu freuen. Mit dem vorgeschlagenen Treffpunkt abends in dem gemütlichen italienischen Restaurant in der Nähe des Stadttheaters war sie sofort einverstanden. Nach diesem einleitenden Gespräch verkündete sie ihm eine Neuigkeit, die Andreas die Sprache verschlug. Der Baron Julian von Papp war spurlos verschwunden. Näheres würde sie ihm am Abend mitteilen. Hier im Büro könne sie nicht weiter sprechen.

Andreas, vor der vereinbarten Zeit angekommen, hatte in dem noch leeren Restaurant einen Tisch in einer stillen Ecke ausgesucht, der ihm für ein gemütliches Zusammensein besonders geeignet erschien. In Erwartung der Gäste war dieser schon festlich gedeckt. Als er Platz genommen und nach der in Leder gebundenen Speisekarte greifen wollte, stand Waltraud lachend hinter ihm. Angenehm berührt stellte er fest, dass auch sie, so wie er, festlicher gekleidet gekommen war. Galant küsste er ihre Hand, half ihr beim Ausziehen des leichten Mantels und rückte ihr den Stuhl zum Hinsetzen zurecht. Nach den gegenseitigen Begrüßungsworten überreichte er ihr die von ihm kunstvoll verpackte kleine Schachtel, in dem sich der handgefertigte silberne Armreif befand, den er für sie in einer Boutique in der Türkei ausgesucht hatte. „Es ist ein kleines Mitbringsel von meiner Reise", versuchte er bescheiden zu erklären. „Ist der schön", rief Waltraut begeistert und streifte ihn sofort über ihren Arm. „Auch ich habe Dir etwas mitgebracht", sagte sie und holte ein kleines mit einer roten Schleife versehenes Kästchen aus ihrer Handtasche. Es enthielt einen vergoldeten Schlüsselanhänger, befestigt an einem Knopf aus Bernstein. Andreas sprang vor Freude auf und küsste Waltraut auf den Mund. Sie erhob sich auch hastig von ihrem Sitz, legte ihre Arme um seinen Kopf und erwiderte den Kuss. „Jetzt aber musst Du mich endlich loslassen, wir fallen langsam im Lokal auf", sagte sie dann leise. „Das macht doch nichts", rief er übermütig. Schließlich, zum eigentlichen Zweck eines Restaurantbesuches zurückkommend, nämlich des Essens und des Trinkens, bestellte er nach kurzer Beratung mit ihr bei dem jetzt herbei geeilten und beflissen neben ihnen wartenden Kellner, den nach den Gepflogenheiten eines italienischen Lokals von ihm angebotenen Aperitif ausschlagend, an Hand der Karte den Wein und als Vorspeise für sie beide Rindercarpaccio auf Ruccolasalat. Für sich wählte Andreas als Hauptgericht die als Besonderheit des Hauses bezeichnete „gebackene Kalbsleber Venezianischer Art" mit den diversen Beilagen, während Waltraut sich für „Saltimbocca alla Romana" entschied. Nach Erledigung der Bestellung sich gegenüber sitzend und über den Tisch ihre Hände haltend, berichteten sie ausführlich über ihre Urlaubserlebnisse.

Es war schließlich Andreas, der das Gespräch auf den Baron brachte. „Ja, dieser hat sich seit zehn Tagen nicht mehr bei Inge Heltau blicken lassen", erwiderte Waltraud nachdenklich. „Seine Sachen, das sind seine Kleidung und ein Koffer, befinden sich noch in ihrer Wohnung. Stell Dir vor, da sind merkwürdige Dinge vorher passiert. Inge war nach Dienstschluss auf der

Hauptstraße, der Einkaufsmeile, einkaufen gegangen. Plötzlich sah sie auf der anderen Straßenseite den Julian anscheinend wartend herumstehen. Als sie über die Straße auf ihn zueilen wollte, bemerkte sie in der Menge der übrigen Passanten um ihn herum, dass eine junge Frau bei ihm stand, die gerade hinzugekommen sein musste. Sie umarmte ihn. Eng umschlungen gingen beide auf den Eingang eines Eckhauses zu und verschwanden in diesem Gebäude. Inge entschloss sich, auf ihrer Straßenseite zu warten, indem sie Schaufenster betrachtete und dabei versuchte, den betreffenden Hauseingang im Auge zu behalten. Sie wollte Julian zur Rede stellen, wenn er wieder herauskam. Da er nicht erschien, ging sie nach einer gewissen Wartedauer schließlich weg. Endlich will sie jetzt mit ihm nichts mehr zu tun haben. Der saubere Baron hat auch nichts mehr von sich hören lassen. Du hast Recht, es wäre naheliegend gewesen, ihn wenigstens auf seinem Handy anzurufen, wie er sich das Weitere vorstellt. Nur, Inge kennt seine Mobiltelefonnummer nicht. Sie hatten nie miteinander telefoniert. Etwa zwei Tagen nach seinem Verschwinden geschah wieder etwas Seltsames. Als Inge abends nach Hause kam, stellte sie fest, dass eine fremde Person in ihrer Wohnung gewesen sein musste. Wäsche und Kleidungsstücke von ihr und Julian lagen verstreut auf dem Fußboden. Sein im Flur stehender Koffer war geöffnet und durchwühlt worden. Der oder die Betreffende hatte sich nicht die Mühe gemacht, den Kofferdeckel wieder zu schließen. Inge vermutet, dass es nicht Julian sondern seine neue Freundin gewesen sein könnte. Er besitzt nämlich noch den Wohnungsschlüssel. Da nach ihrer Feststellung nichts von ihren Sachen gestohlen wurde, hat sie den Einbruch nicht der Polizei gemeldet, sondern das Türschloss auswechseln lassen. Ob Gegenstände von ihm fehlten, hat sie nicht nachgeprüft. Seinen Koffer nebst Kleidungsstücken hat sie in ihren Keller gebracht, falls er diese noch abholen sollte. Sie selbst will, wie gesagt, nichts mehr von ihm wissen."

Andreas hatte dem Bericht schweigend und nachdenklich zugehört. Dass Julian Papp offensichtlich mehrere Freundinnen gleichzeitig besaß, war für ihn nichts Neues. Da er glaubte, seinen Arbeitsplatz zu kennen, wollte er ihn dort in naher Zukunft aufsuchen. Er war neugierig, was Julian ihm zu berichten wusste. Sobald dieser das geschuldete Geld zurückgezahlt hatte, beabsichtigte er, den weiteren Umgang mit ihm beenden. Rücksicht auf ihn brauchte er dann nicht mehr zu nehmen. Waltraut weihte er in seinen Gedankengang nicht ein. Er wollte die missliche Angelegenheit mit Julian allein ausfechten. Vielleicht konnte er bewirken, dass der Koffer bei Inge schnellstens abgeholt wurde.

Andreas suchte Julian Papp jedoch in den folgenden Tagen nicht auf, da er mit wichtigeren Dingen beschäftigt war. Auf seinen Vorschlag für ein weiteres Treffen in einer Gaststätte hatte Waltraut ihm beim Abschied erklärt, dass es einfacher und billiger wäre, das Abendessen in ihrer Wohnung einzunehmen. „Ich hoffe, du hast nichts dagegen", hatte sie mit einem schelmischen Lächeln zu ihm gesagt, mit ihren Armen seinen Kopf zu sich heruntergezogen und ihm einen langen Kuss gegeben.

Natürlich hatte er nichts dagegen. Aufgeregt und mit einem Blumenstrauß bewaffnet, klingelte er abends an ihrer Wohnungstür. Er hatte ihr viel zu erzählen. Heute war sein Glückstag. In der Bank hatte ihn nämlich sein Chef zu sich gerufen und ihm mitgeteilt, dass sein Aufgabenbereich erweitert würde. Als Kundenberater wurden ihm wichtige Kunden zur Betreuung anvertraut. Er mache seine Arbeit gut, er habe eine gewinnende und vor allem überzeugende Art, so dass man jetzt große Hoffnungen auf ihn setze, hatte sein Vorgesetzter erklärt. Das Wichtigste bei diesem Gespräch war, dass man ihm eine baldige Gehaltserhöhung in Aussicht gestellt hatte. Sein bisher darniederliegendes Selbstvertrauen war gewaltig in die Höhe geschnellt. Dem sich so überlegen gebenden Baron könnte er jetzt ganz anders gegenüber treten, kam ihm flüchtig der Gedanke. „Nun muss nichts mehr anders werden", dachte er schmunzelnd.

Waltraut öffnete die Tür mit strahlendem Gesicht. Der Tisch mit dem Abendbrot war bereits festlich gedeckt. Eine brennende Wachskerze schuf eine anheimelnde Atmosphäre. Andreas nahm wahr, dass man sich in der kleinen Zweizimmerwohnung wegen ihrer geschmackvollen Einrichtung wohlfühlen konnte. Wenn er Waltraut mit seiner früheren Ehefrau verglich, dann fiel ihm plötzlich die Eitelkeit, die ständige Sucht nach Putz und Tand bei der Letzteren auf.

Seine Exfrau war zwar bildhübsch. Das musste man ihr lassen. Aber hatte er sich mit ihr je richtig unterhalten können? Bei der ein wenig älteren und vor allem reiferen Waltraut fühlte er sich dagegen geborgen und verstanden. Das Gespräch mit ihr floss von ganz allein.

Die Nacht blieben sie zusammen. Er schlief mit ihr in ihrem weichen Bett.

Zum Wochenende hatten sie Pläne gemacht. Sie wollte sich unbedingt seine Behausung ansehen, obwohl er diese in den schwärzesten Farben dargestellt hatte. „Ich bin schon neugierig, wie du dich eingerichtet hast", sagte sie lachend. „Der Wetterbericht hat sonniges Herbstwetter angekündigt. Von deinem Vorort, der meines Wissens gar nicht so schlimm ist, können wir mit deinem Auto in den nahen Kurort fahren. Sag bloß, du warst noch nicht dort? Bist du nie wenigstens einmal spazieren gefahren? Ich kann ja verstehen, dass du wegen des morgendlichen Staus und des Parkplatzmangels bei deiner Bank nicht mit dem Wagen in die Stadt fahren willst. Du solltest überlegen, ihn dann besser zu verkaufen als dass er nutzlos herumsteht." Sie hatten sich geeinigt, dass er vorher noch zu seiner Wohnung fuhr, um sie für den Besuch aufzuräumen. Sie übernachteten jedoch nicht darin. Auch Waltraut fand sie ungemütlich. Bei der Autofahrt in das schöne Umland entdeckten sie ein gemütliches Hotel, das sie über Nacht aufnahm.

Andreas wartete auf den Besuch eines Kunden, der sich angesagt hatte. Gelangweilt blätterte er in der auf seinem Tisch liegenden Tageszeitung. Er las, dass erneut ein Leichenteil eines Menschen verschnürt in einer Plastiktüte aus dem großen Strom, der durch die Stadt fließt, herausgefischt worden war. Diesmal habe es sich um einen sorgfältig abgetrennten Arm gehandelt. Am Vortag sei es ein menschlicher Fuß gewesen. Taucher versuchten, weitere Leichenteile zu finden und zu bergen. Mit leichtem Schaudern legte Andreas die Zeitung aus der Hand. „Was nicht so alles in einer Großstadt passiert", dachte er kurz und vergaß das Gelesene, weil er schließlich Wichtigeres zu tun hatte.

Es war Waltraut, die mit einer unerwarteten Neuigkeit aufwartete. „Stell dir vor, Inge geht rein zufällig auf den Hof hinter ihrem Wohnhaus, wo die Hausbewohner ihre festen Stellplätze für ihre Kraftfahrzeuge haben. Da sie seit ihrem Verkehrsunfall vor einigen Jahren, der mit einem Totalschaden geendet hatte, kein Auto mehr besitzt, kommt sie sonst nicht auf diesen Parkplatz. Auf ihrer Stellfläche entdeckt sie den teuren Wagen von Julian. Sie hatte ihm seinerzeit erlaubt, dort zu parken. Sie vermutet, dass dieses Protzauto seit seinem Verschwinden nicht mehr gefahren worden ist. Auf mein Betreiben hat sie von unserem Amt aus telefonisch die Polizei eingeschaltet, damit wenigstens an Hand des Nummernschildes Julian ermittelt und vor allem das Fahrzeug abgeschleppt werden kann. Nun halte dich fest. Eine Frau

Susanne Kumichel ist die Halterin. Sie ist die Witwe eines reichen Fabrikanten und wohnt in einem luxuriösen Seniorenheim außerhalb der Stadt. Sie hat erklärt, eines Tages habe ein Graf Julian Karolyi, ein Bekannter ihres verstorbenen Mannes, sie in dem Heim besucht. Sie wäre froh gewesen, dass er sie ab und zu in ihrem Auto spazieren gefahren habe, da sie wegen einer Gehbehinderung ungern noch selbst fahre. Als sie vor mehreren Wochen zu ihrem Bruder nach Amerika geflogen sei, habe er sie zum Flugplatz gebracht. Sie habe mit ihm vereinbart, dass er ihr Fahrzeug, welches sonst ungenutzt herumgestanden wäre, während ihrer Abwesenheit fahren könne. Nach ihrer Rückkehr habe sie von dem Grafen nichts mehr gehört. Ihr Auto habe sie in der Tiefgarage ihres Heimes, wo es immer abgestellt sei, vermutet. Sie hätte es bisher nicht gebraucht. Andreas, was sagst Du dazu? Das ist doch sicherlich unser Julian Papp. Er ist ein Hochstapler und Betrüger!", schloss Waltraut aufgeregt ihren Bericht.

Andreas schwieg und beschloss, am nächsten Tag den Baron an der ihm seinerzeit bekannt gewordenen Arbeitsstelle, dem Versicherungsmakler, aufzusuchen, ihn zur Rede zu stellen und energisch die zweihundert Euro zurückzufordern. Er wählte hierzu seine Mittagspause. Von seiner Bank zu dem betreffenden Maklerbüro war es nicht weit. Auf sein Klingeln wurde ihm von einer elegant gekleideten jungen Dame geöffnet, die an einem mächtigen Empfangstisch saß. Seine Bitte den Baron Papp zu sprechen stieß bei ihr auf Unverständnis. „Zu wem wollen Sie? Dieser Herr arbeitet nicht bei uns." „Vielleicht ein Graf Karolyi?", stotterte Andreas, „möglicherweise sind es auch Geschäftspartner ihrer Firma?" Die Empfangsdame gab keine Antwort, nahm einen Telefonhörer ab und bat einen Herrn Geldermann, dringend zum Empfang zu kommen Dieser, ein älterer Herr mit silbergrauem Haar in einem dunkelblauen Anzug und roter Krawatte, offensichtlich der allgewaltige Inhaber der Makleragentur, hörte mit strengem Blick das Begehren seines Besuchers an. Andreas erschrak, denn er hatte ihn als häufigen Kunden bei dem Leiter seiner Bankfiliale gesehen. Nicht auszudenken, wenn dieser Mann sich über ihn beschweren würde. „Kommen Sie mit in mein Büro", sagte der Firmeninhaber kurz angebunden, ohne sich weiter vorzustellen. Unfreundlich herrschte er Andreas mit lauter Stimme an: „Was wollen Sie? Ich bin nicht befugt, Ihnen über meine Mitarbeiter oder Geschäftskunden Auskunft zu erteilen." Geistesgegenwärtig ergriff Andreas die Flucht nach vorn, in dem er seine funkelnagelneue Visitenkarte, die ihn jetzt als Kundenberater seines Bankhauses auswies, aus seiner Brieftasche hervorholte und sie mit klopfenden Herzen seinem streng blickenden Gegenüber überreichte. Mit unsicherer Stimme erklärte er, dass ein Baron Papp, der einen Grafen Karolyi als Onkel und Bürgen benannt habe, ihn vor Kurzem zwecks Anbahnung einer geschäftlichen Beziehung aufgesucht und gesagt hätte, dass er hier in dieser Firma arbeite. Da es irgendwie merkwürdig geklungen hätte, habe er sich nur vergewissern wollen. Hastig fügte Andreas hinzu: „Man kann nicht vorsichtig genug sein." Die finstere Miene von Herrn Geldermann verwandelte sich in ein geschäftsmäßiges Lächeln. „Ja, man kann in der Tat heutzutage nicht vorsichtig genug sein", erwiderte er deutlich freundlicher. „Falls ich von diesen Herren, deren Namen mir bisher nicht begegnet sind, etwas höre, werde ich Sie sofort informieren." Höflich begleitete er Andreas zur Eingangstür und gab ihm zum Abschied sogar die Hand.

Andreas beglückwünschte sich zu diesem für ihn günstigen Ausgang. Er dachte in dem Augenblick nicht an sein Geld, das er wohl nicht mehr wiederbekommen würde. Aber als zäher Banker wollte er es noch nicht ganz abschreiben.

Waltraut wurde richtig böse, als er ihr von dem Ergebnis seiner Nachforschung erzählte. „Du hättest doch Inge und mich sofort informieren müssen, wo dieser Julian arbeitet. Dann hätten wir uns wegen dessen Sachen gleich dorthin gewandt." Andreas stotterte verlegen, dass er sich selbst erst vergewissern wollte. Jedenfalls stünde fest, dass der Baron dort unbekannt sei. „So, so, hast du dir wenigstens die Mitarbeiter in diesem Büro angeschaut? Also nein! Vielleicht ist der Hochstapler unter einem ganz anderen Namen bei denen tätig", keifte Waltraut. „Ich werde diese Frau Kumichel in ihrem Altersheim aufsuchen, um festzustellen, ob der Baron Papp mit dem Grafen Karolyi identisch ist", entschied Andreas mit fester Stimme. „Wenn ja, ist es doch höchst merkwürdig, wenn Papp das Luxusauto auf dem

Parkplatz von Inge einfach stehen lässt. Nicht wahr?"
„Ich komme mit. Von Frau zu Frau werde ich mehr erfahren als du", lenkte Waltraut jetzt besänftigt ein.

Frau Kumichel erwies sich als eine kleine, zierliche, elegant gekleidete, alte Dame mit weißgelocktem, sorgfältig frisiertem Haar. Beim Gehen stützte sie sich auf einen Krückstock mit einem silbernen Griff. Dieses geschehe wegen ihrer Beinprothese, sagte sie. Das von ihr allein bewohnte Appartement in dem vornehmen Seniorenheim war mit Möbeln ausgestattet, die nach ihrem Aussehen sehr teuer gewesen sein mussten. „Ja, das ist mein eigenes Mobiliar", erklärte sie voller Stolz, als sie die bewundernden Blicke ihrer Besucher bemerkte. „Nach dem Tod meines Mannes habe ich mich hier eingekauft und fühle mich sehr wohl. Darf ich Sie in unsere Cafeteria einladen? Die bietet einen ausgezeichneten Kuchen an. Sie fragen mich nach dem Grafen Karolyi? Dieser ist eines Tages mit einem Blumenstrauß unerwartet vor mir gestanden. Er war mir bislang unbekannt. Er hätte von meinem Mann vor seinem Tode noch eine Spende für irgendeine Wohltätigkeitseinrichtung in Ungarn entgegen genommen. Fragen Sie mich nicht, für welche. Nach dem plötzlichen Ableben meines Mannes wolle er sich jetzt bei mir bedanken. Der Graf hat sich als ein sehr höflicher und unterhaltsamer Gesprächspartner erwiesen. Wir haben uns augenblicklich gut verstanden. Er erzählte mir, dass seine ganze Familie nach dem Krieg in Ungarn enteignet und von den Kommunisten umgebracht worden sei.

Nur ihn hätte man gerettet und bei einer Pflegefamilie aufgezogen. Er lebe jetzt allein in Deutschland. Seine Frau habe ihn verlassen, sein kleiner Sohn sei bei ihr. Er tat mir sehr leid. Ich habe ihm gesagt, dass er mich, wenn er Zeit hätte, stets besuchen könnte. Er ist sodann öfters hier aufgetaucht. Hin und wieder hat er mich in meinem Auto, welches tagsüber unten in der Tiefgarage steht, irgendwohin gebracht, manchmal waren es Einkäufe oder einmal zu einem gemeinsamen Theaterbesuch. Ich war ihm dafür sehr dankbar und habe ihn für die aufgewendete Zeit natürlich entschädigt. Für mich ist es heute angenehmer, gefahren zu werden. Weil er nach meiner Einschätzung mittellos war, habe ich ihm hin und wieder mit kleineren Geldbeträgen ausgeholfen, worüber er sich gefreut hat. Er habe davon Geschenke für seinen Sohn besorgt, der, wie er mir erzählte, in einem Internat untergebracht sei, welches sehr teuer sei. Er hat mir auch Fotos von ihm gezeigt. Es ist ein hübscher Junge, der seinem Vater ähnlich sieht. Einmal jedoch wollte er, dass ich mich mit einer großen Summe an einer Immobilie beteilige, die nach seinen Worten viel Gewinn abwerfen würde. Aber nein, wo denken Sie hin, das Geld habe ich ihm natürlich nicht gegeben. Ich bin schließlich immer noch eine Geschäftsfrau. Nein, von einem Baron Papp hat er nicht gesprochen. Der Graf, wie soll ich ihn beschreiben, sieht sehr sportlich aus und ist im mittleren Alter. Ja, Frau Buseler, wenn Sie mich so fragen, er hat immer seine Stirn in lustige Falten gezogen, wenn er lachte. Richtig, er hat tatsächlich ein blaues Kavalierstuch in einem grauen Jackett getragen. Er ist schon recht eitel. Sie kennen ihn also auch? Ich bin dann für mehrere Monate zu meinem Bruder nach Amerika geflogen und seit Kurzem wieder zurück. Für diese Zeit hatte ich Graf Karolyi gestattet, meinen Wagen, der sonst nutzlos herumsteht, zu benutzen. Den hat er also vergessen, von dem Parkplatz bei ihrer Freundin wegzufahren. Unser Graf ist schon ein richtiger Filou. Dabei glaubte ich, mein Auto stünde hier in der Tiefgarage. Ich brauche es nur selten. Vielleicht werde ich es verkaufen. Der Vermisste wird sich sicherlich irgendwann melden. Vermutlich ist er in seine Heimat, nach Ungarn, gereist. Nein, telefoniert haben wir miteinander nie. Es bestand dafür kein Grund. Ich weiß nicht, ob er ein Mobiltelefon hat. Nein, da kann ich Ihnen nicht helfen."

Andreas und Waltraut waren davon überzeugt, dass es sich bei dem Grafen nur um den Baron Papp handeln konnte. „Er ist ein richtiger Hochstapler und Mitgiftjäger, besser wir vergessen ihn", sagte Waltraut.

Bei Inge Heltau war wieder eingebrochen worden, diesmal in ihren Keller. Der dort abgestellte Koffer des Barons war geöffnet und das Seitenfutter im Inneren mit einem offensichtlich scharfen Messer aufgeschlitzt worden. Der Kofferinhalt war ausgeschüttet. Die Sachen lagen verstreut auf dem Kellerboden. Sonderbarerweise war aus dem Kellerraum sonst nichts entwendet worden. Die Kellertür, an der der Name Heltau stand, hatte dem Einbrecher wegen des einfachen Schlosses offenkundig kein großes Hindernis geboten. Die diesmal eingeschaltete Polizei glaube nicht, dass die Tat in einem Zusammenhang mit dem Verschwinden eines Baron Papp stehen könnte, gegen den bis zur Stunde weder eine Vermisstenanzeige noch eine polizeiliche Ermittlung vorläge, wie Inge ihrer Freundin Waltraut berichtete. Gutmütig lächelnd habe vielmehr der Beamte gemeint, dass der Täter in dem Raum nichts Brauchbares für ihn gefunden hätte. Der betreffende Koffer sehe recht abgenutzt aus, die Kleidungsstücke seien auch nicht neuwertig. „Sie selbst haben erklärt", so habe er zu Inge gesprochen, „dass Brieftasche, Fahrzeugschlüssel, Handy oder sonstige Dinge von Wert von Anfang an nicht darin gewesen wären. Was den ersten Einbruch anbelangt, den Sie uns leider nicht gemeldet hatten, spricht doch die Vermutung dafür, dass sich Ihr Verlobter selbst die möglichen Wertsachen geholt hat. Weil der Einbrecher schon in ihrem Keller nichts Lohnendes entdecken konnte, hat er sich nicht mehr die Mühe gemacht, die anderen Kellerräume aufzubrechen. Auf Grund Ihrer Einbruchsanzeige können Sie den Schaden an der Tür Ihrer Hausratversicherung, sofern Sie dafür eine solche besitzen, melden. Diese ersetzt Ihnen vielleicht sogar die ganze Kellertür", hatte der Polizist seine Belehrung geschlossen. Inge Heltau blieb verunsichert zurück und suchte am Abend Waltraut in deren Wohnung auf. „Wir müssen handeln", erklärte diese ernsthaft. „Ich glaube ebenfalls an keinen Zufall. Du musst endlich diesen verdammten Koffer mit seinem Inhalt loswerden. Der oder die haben etwas gesucht. Julian kommt nicht

mehr. Vielleicht hat er sich längst nach Ungarn abgesetzt."
Andreas, der gerade hinzugekommen war, gab den Anstoß, dass man jetzt nach dem Verbleib von Julian Papp forschen müsse. Er müsse doch irgendwo polizeilich gemeldet sein.

Unter Hinweis auf ihre Tätigkeit beim Finanzamt konnten Inge und Waltraut bereits am nächsten Morgen mühelos von der Sachbearbeiterin beim Einwohnermeldeamt telefonisch in Erfahrung bringen, dass weder ein Baron Papp noch ein Graf Karolyi in der Meldeliste verzeichnet war. Das war eine arge Überraschung.

Inge Heltau, von Natur aus unternehmungslustig, fasste den mutigen Entschluss, ganz allein das Gebäude aufzusuchen, in dem Julian mit der fremden Frau verschwunden war. Sie berichtete Waltraut und Andreas: „Das im unteren Stockwerk befindliche Anwaltsbüro sowie die beiden Arztpraxen darüber schieden nach kurzem Hineinschauen aus." Die dort tätigen Damen, die sie zu Gesicht bekommen hatte, waren entweder zu alt oder viel zu jung, um der fremden Person ähnlich zu sehen. Sie entsprachen auch nicht deren Aussehen mit dem grell geschminkten Gesicht und der auffallenden Kleidung, an die sich Inge trotz der Entfernung noch erinnerte. An einer Eingangstür im obersten Stock hing ein Schild, welches die dahinter liegenden Räume als ein Nagelstudio auswies. Das Ganze habe auf sie einen verlassenen Eindruck gemacht. Auf ihr Klingeln habe nach geraumer Zeit eine ältere Frau geöffnet, die scheinbar die einzige Angestellte im ganzen Studio war und sich vermutlich langweilte. Um das Kommen plausibel zu machen, habe sie sich von ihr die Hände maniküren lassen. Die Frau, die zu Anfang wortkarg war, taute bei der Beschäftigung sichtlich auf. Ja, sie wäre seit Kurzem erst hier und die meiste Zeit allein. Kunden kämen kaum. Das läge wohl daran, dass der Inhaber, der wie sie von ihrer Kollegin wisse, ein Herr Petrow, ein Russe oder ein Pole, sein soll, dieses Geschäft hier noch nicht so lange führe. Ihn hätte sie noch nicht zu Gesicht bekommen. Sie wisse von Ludmilla, der Kollegin, mit der sie sich anfangs abgewechselt habe, dass er auch eine Bar betreibe. Diese Ludmilla, auch eine Osteuropäerin, wäre dann plötzlich ganz weggeblieben. Vermutlich hätte sie hier schwarz gearbeitet und wäre, um nicht aufzufliegen, in ihre Heimat zurückgekehrt. Wohin, das wüsste sie nicht. Die junge Frau habe nur schlecht deutsch gesprochen. Der Inhaber habe ihr vermutlich diese Arbeit verschafft, für die sie nach ihrer Feststellung keine Kenntnis gehabt hätte. Sicherlich war sie seine Freundin.

Inge fügte ergänzend hinzu, sie habe dann die Bedienstete nach einem Baron Papp, der ihr das Studio empfohlen hätte, gefragt. „Zu meiner Überraschung hat sie mir gesagt, dass er sie als Fachkraft eingestellt habe. Er hätte sich dann in dem Studio kaum blicken lassen und sich um das Geschäftliche nicht mehr gekümmert. Sie meinte, dass er mit dem Inhaber in geschäftlichen Beziehungen stehen müsse. Sie glaubte, dass während ihrer Abwesenheit die Ludmilla es auch mit ihm, dem Baron, in diesen Räumen getrieben habe. Sie sei nämlich ein Flittchen. Es gebe noch einen weiteren männlichen Mitarbeiter, von dem sie nicht wisse, wie er heißt und was er sonst tut. Er sei ein finsterer Geselle und komme auch aus dem Osten. Er spreche kaum ein Wort deutsch. Er übe im Auftrag des Chefs wohl eine Art Überwachungsfunktion aus und hole immer das wenige Geld aus der Kasse ab."

Inge erklärte nach diesem Bericht abschließend, dass sie erfolglos versuchte habe, sich mit dem Herrn Petrow wegen des Verbleibs von Julian Papp in Verbindung zu setzen. Unter der angegebenen Telefonnummer wäre bisher nur der Anrufbeantworter zu hören gewesen. Auf diesen habe sie nicht sprechen wollen. Irgendwie wäre ihr die ganze Sache recht seltsam vorgekommen.

Andreas ergriff die Initiative. Aus Neugierde wollte er mit der ihm kund getanen geschiedenen Ehefrau des Barons in Verbindung treten, um von ihr etwas über diesen zu erfahren. Von Julian wusste er, dass sie Rosemarie hieß und in Freiburg lebte. Bei der Suche der Telefonnummer unter Eingabe dieses Vornamens im Internet musste er erkennen, dass es in dieser Stadt viele Rosemaries gab. Unter dem Nachnamen Papp war jedoch keine verzeichnet. „Ich kann doch nicht alle anrufen und sie fragen, ob sie eine geschiedene Papp wäre", sagte er resignierend zu Waltraut. Diese hatte eine bessere Idee. „Ich rufe gleich Frau

Kumichel an, vielleicht weiß sie den Namen des Sohnes und wo der sich derzeit aufhält." Der Anruf erbrachte das Ergebnis, dass dieser möglicherweise Frieder oder Friedrich heiße, so genau wusste sie es auch nicht mehr. Der Graf habe ihr nicht gesagt, in welchem Internat er untergebracht sei.

Die kluge Waltraut überraschte am nächsten Abend Andreas mit der Mitteilung, dass sie jetzt die wahre Identität von Julian aufgeklärt habe. Sie berichtete voller Stolz: „Ich habe mit Hilfe des Internets ein Schülerheim mit Namen Hochschwarzwald ausfindig gemacht, welches nahe bei der Stadt Freiburg liegt, wo seine Mutter leben soll. Ich habe mir gedacht, dass sie ihren Sohn nicht so weit weggeben würde. Ich jedenfalls würde so handeln. Friedrich oder Frieder ist schließlich kein so häufiger Vorname. Ich habe von unserem Amt aus dieses Heim auf gut Glück angerufen. Das Wort Finanzamt, auf das ich mich zwecks Nachforschung bezogen habe, hat Wunder gewirkt. Die Sekretärin am Apparat gab mir die Auskunft, dass für ein Kind Frieder Schulze von seinem Vater Zahlungen für seine Unterkunft oft nur mit ziemlichen Verzögerungen geleistet würden. Die Ehe seiner Eltern, so glaube sie, sei geschieden. Häufig müsse man sich wegen eines Zahlungsverzuges an seine Mutter wenden, da die Anschrift des Geschiedenen nicht bekannt sei. Die Telefonnummer der Frau wurde mir anstandslos gegeben, als ich erklärte, dass ich aus zwingenden Gründen seinen Aufenthalt ermittle, was ja letzten Endes stimmte. Mit dieser

Frau Schulze habe ich anschließend gesprochen. Sie war übrigens nie verheiratet. Von ihrem Partner, von dem sie das Kind hat, habe sie sich getrennt. Den Unterhalt für seinen kleinen Sohn, zu dem er verpflichtet sei, zahle er sehr schleppend. Es wäre schwer, an ihn heranzukommen, da ihr seine Adresse nicht bekannt sei. Er wechsle oft seinen Wohnort. Sie bat mich, sie sofort zu informieren, wenn ich diesbezüglich etwas über ihn in Erfahrung brächte. Ich habe ihn ihr beschrieben. Danach besteht kein Zweifel, dass es sich um den Menschen handelt, der bei uns als Baron Papp aufgetreten ist. Er ist Versicherungsvertreter. Nur sein Vorname Julian ist richtig. Jetzt halte Dich fest, er heißt mit Nachnamen Hinterwinkel", rief Waltraut lachend. Andreas, der aufmerksam zugehört hatte, brach in ein nicht enden wollendes Gelächter aus. „Wenn ich mit ihm zusammenkomme und er mich von oben herab über etwas belehren will, was er gern macht, werde ich ihm antworten, ja, so ist es Herr Hinterwinkel." „Das wirst Du unterlassen, tunlichst wirst Du dich von ihm fern halten. Sonst würdest du in sein kriminelles Umfeld mit hinein gezogen werden", unterbrach ihn Waltraut ernst und bestimmt. „Als ich der Dame schilderte, unter welchem Namen er bei uns aufgetreten ist, hat sie hell gelacht. Er wäre schon immer ein Aufschneider gewesen. Jetzt wissen wir wenigstens, wer er ist", rief Waltraut triumphierend. „Nun möchte ich nur noch wissen, wohin sich der Kerl verzogen hat, nach Ungarn wohl sicherlich nicht", entgegnete Andreas bissig, wobei er, wer will es ihm verdenken, an seine zweihundert Euro dachte.

Inge Heltau nahm die Enttarnung ihres einstigen Liebhabers scheinbar mit Fassung auf. Jedenfalls ließ sie sich äußerlich nichts anmerken. Sie fasste aber den Entschluss, auch nicht untätig bleiben. So nahm sie sich extra frei, um auf eigene Faust weiter nach seinem Verbleib zu forschen.

Zu diesem Zweck war sie nochmals in das betreffende Haus zurückgekehrt, in dem er damals verschwunden war. Unter dem Vorwand auf eine Freundin zu warten, hatte sie sich in das volle Wartezimmer der Arztpraxis gesetzt, die ein Stockwerk unterhalb des Nagelstudios lag. Bei ihrem letzten Besuch hatte sie nämlich herausgefunden, dass man von einem der Sitzplätze aus dem Wartezimmer einen Blick durch die verglaste Eingangstür der Praxis auf das zum oberen Stockwerk führende Treppenhaus hatte. Sie erzählte hinterher Waltraut, dass nach einer Stunde ihr Warten belohnt wurde. Sie sah einen Mann hinaufgehen. Rasch verließ sie den Warteraum, um ihm in das Nagelstudio folgen, dessen Tür er gerade öffnete. Als sie ihn ansprach, antwortete er in einer fremden Sprache. Aus seinen wenigen Worten in Deutsch konnte sie entnehmen, dass er nicht der Chef war. Drinnen in dem Raum fand sie wieder die Frau vor, die sie das letzte Mal bedient hatte. Diese war über ihr Erscheinen sichtlich erfreut. „Als der Typ merkte, dass ich als Kundin begrüßt wurde, verschwand das Misstrauen aus seinem Gesicht. Er ging danach bald weg. Ganz offensichtlich ist er Aufpasser. Diesmal musste ich, um nicht aufzufallen, meine Fußnägel von der Angestellten richten lassen. Außer ihr und mir war wiederum niemand in dem Studio", berichtete Inge und fügte abschließend hinzu, „ich vermute, dass das Ganze als Tarnung für irgendeinen krummen Zweck dient. Möglicherweise ist Julian darin verwickelt."

Es kam der Abend, an dem im Fernsehen die Sendung „Ungeklärte Kriminalfälle" ausgestrahlt wurde. Behandelt wurden die rätselhaften Funde von Leichenteilen, verschnürt in Plastiksäcken, die aus dem Fluss nacheinander herausgefischt worden waren. Es wurde erläutert, dass die Teile schließlich einem einzigen Leichnam zugeordnet werden konnten. Lediglich der Kopf der Leiche sei noch nicht gefunden worden. Vermutlich habe ihn die Strömung weiter abgetrieben. Der Tote konnte bis jetzt noch nicht identifiziert werden. Wie üblich wurden zum Schluss die Zuschauer um mögliche sachdienliche Hinweise gebeten.

Andreas und Waltraut, welche gebannt zugeschaut hatten, dachten und sprachen beide gleichzeitig dasselbe aus: „ Es wird doch nicht etwa Julian sein?" „Hoffentlich hat Inge noch nicht den Koffer mit seinen Sachen weggeworfen, dieser könnte für eine polizeiliche Ermittlung nützlich werden", rief Andreas. Waltraut unternahm es, ihre Freundin und Kollegin trotz der späten Stunde noch anzurufen. „Was, wegen des blöden Koffers rufst du mich um diese Uhrzeit an?" antwortete diese nach längerem Klingeln verärgert. „Nein, entsorgen konnte ich diesen noch nicht. Schließlich kann ich ihn doch nicht einfach auf die Straße stellen. Ich muss abwarten, bis einmal Sperrmüll abgeholt wird, denn ich habe kein Auto, wie du weißt, um dieses Dreckstück auf die Sammelstelle für den Müll zu bringen. Vielleicht kannst du mir dabei mit deinem Wagen behilflich sein?" „Ja, das werden wir beide tun. Wir bringen nämlich diesen Koffer zur Polizei. Hast du nicht gerade die Sendung im Fernsehen gesehen?" Es stellte sich heraus, dass Inge einen Liebesfilm nach einer bekannten Romanautorin angesehen hatte. „Denkst du wirklich, dass man unseren Julian in den Fluss versenkt hat?"

Wenn zwei Frauen einmal miteinander zu telefonieren anfangen, hören sie bekanntlich so schnell nicht mehr auf. Andreas, der gern einen anschließenden Fernsehfilm gesehen hätte, versuchte vergeblich, das Telefonat zu beenden. „Du kannst ja schon zu Bett gehen und dort etwas lesen", fauchte Waltraut, indem sie zu diesem Zweck den Hörer mit der Hand verdeckte. Das weiter geführte Telefongespräch nahm alsbald einen vergnüglicheren Verlauf, wie Andreas aus dem lauten Lachen seiner Freundin durch die geschlossene Schlafzimmertür entnahm.
An sich besaß er noch seine Wohnung in der Vorstadt. Entschieden angenehmer war es jedoch, die Nacht im Bett von Waltraut zu verbringen und von ihr am Morgen mit den Worten geweckt zu werden: „Liebling, steh auf, das Frühstück ist fertig, der Kaffee wird sonst kalt."

Ein im Morddezernat zuständiger Kriminalkommissar empfing Inge, Waltraut und Andreas am späten Nachmittag des nächsten Tages in seinem Büro. Misstrauisch beäugte er den Koffer, den die Drei einfach auf seinen Tisch gestellt hatten. „Sie meinen also, er gehöre dem Getöteten? Wie kommen Sie darauf?" Inge zählte hastig ihre Wahrnehmungen auf, wobei sie sich vor Aufregung einige Male verhaspelte. Geduldig hörte der Beamte zu. Dann griff er zu seinem Telefon. „Patrick, hast du gerade Zeit? Stell gleich mal fest, ob gegen einen Baron Julian Papp bei uns etwas vorliegt. Aha, vor zwei Tagen eine Anzeige einer Frau wegen Eheversprechens und ihr geschuldetem Geld für Miete und ein Darlehen. Er ist nirgends gemeldet. Muss also ein Deckname sein. Komm doch bitte sofort zu mir rüber. Ich erfahre da interessante Dinge über ihn."

Den Raum betrat ein jüngerer Mann mit Hornbrille und in seiner Hand ein Hefter, vermutlich eine Akte. Waltraut platzte jetzt heraus: „Er heißt in Wirklichkeit Hinterwinkel." Voller Stolz berichtete sie über die Ermittlungen, die sie angestellt hatte. Beifällig nickten die beiden Kriminalisten. „Sie haben uns Arbeit erspart ", ergriff der Ältere von ihnen das Wort. „Wir lassen den Koffer und seinen Inhalt auf DNA-Spuren untersuchen, um festzustellen, ob diese mit dem Toten identisch sind. Sie alle waren also mit ihm gut bekannt gewesen, wie sie uns erzählen? Kennen gelernt hatten Sie ihn aber nicht gemeinsam? Sind Sie von ihm auch geschädigt worden?" Inge Heltau, die sich angesprochen fühlte, wurde rot im Gesicht. Verlegen druckste sie herum, dass er zeitweilig bei ihr gewohnt habe und ihr dreitausend Euro schulde, die sie ihm für eine Beteiligung an einer Immobilie gegeben hätte. Was mit dem Geld geschehen sei, wisse sie nicht. „Sie hatten also mit ihm ein Verhältnis und ihm finanziell geholfen", stellte der Kommissar ungerührt fest. Waltraut und Andreas schauten sich überrascht an. Jetzt war es Andreas, der, seiner Freundin zugewandt, verlegen zu stottern anfing. „Auch ich muss Dir etwas sagen. Bevor wir uns näher kennen lernten, hatte ich dem Baron zweihundert Euro geliehen. Ich habe darüber nicht gesprochen, weil ich glaubte, das Geld von ihm bald zurückzubekommen." „Gibt es noch weitere Enthüllungen? Nein, dann geschieht es Dir recht", giftete Waltraut. Mit diesem Geständnis, welches ihm schwer fiel, wollte Andreas einen aufkommenden Verdacht zerstreuen, dass er mit dem falschen Baron unter einer Decke gesteckt haben könnte. Denn nun galt auch er als sein Geschädigter, wie er meinte. Der Polizeibeamte sah dies offenbar etwas anders. „Wenn Sie ihm Geld geliehen haben, dann waren Sie doch auch mit ihm befreundet, nicht wahr? Schön, Sie hatten sich nur zeitweilig lose angefreundet. Ist es dann nicht gut möglich, dass Sie auch in dieser kurzen Zeit einiges von ihm erfahren haben, was Sie uns vielleicht verschweigen?" Andreas geriet ins Schwitzen. Da war es seine Waltraut, die ihn herauspaukte. „Mein Verlobter hat, wie wir alle, nichts gewusst." Seinen Arm ergreifend, schrie sie empört: „Ja, er hat zusammen mit mir schließlich zur Aufklärung über diese Person beigetragen. Nicht er, sondern dieser Lügenbaron ist an ihn herangetreten. Mein Verlobter wurde, wie wir anderen auch, von diesem nach Strich und Faden hereingelegt."

Zwei Tage später wurde Inge Heltau in das Polizeipräsidium vorgeladen. Sie schilderte danach ihren beiden Freunden ein wenig umständlich, wie es ihr dort ergangen war. „Als ich den mir bezeichneten Raum betrat, saß hinter seinem Schreibtisch, vor sich ein Computer, unser Kommissar, der vielleicht sogar Ober- oder Hauptkommissar ist, was weiß ich, jedenfalls ein unfreundlicher Typ. Der junge Mann mit der Hornbrille war auch zugegen. Was hat der für eine unmögliche Brille! Seine Freundin müsste ihn darüber aufklären. Wahrscheinlich hat er gar keine Freundin. Ich wurde vorab informiert, dass die im Koffer befindlichen Sachen gemäß DNA zu den Leichenteilen aus dem Fluss gehören. Der Tote also ist unser Julian. Auf Grund richterlichen Beschlusses wäre das Nagelstudio durchsucht worden. Dort habe man winzige Blutspuren entdeckt, die bewiesen, dass man hier unseren Baron ermordet hat. Ist es nicht erstaunlich, was man heute mittels DNA herausfinden kann? Ein Glück, dass man dort so schlampig sauber gemacht hatte, sonst hätte man nichts mehr gefunden. Mir war schon bei meinen beiden Besuchen aufgefallen, wie schmuddelig der ganze Laden gewirkt hat. Wahrscheinlich hatte man an der Putzfrau gespart. Der finstere Kerl aus dem Studio, von dem ich euch erzählt habe, wurde nach der Durchsuchung festgenommen. Er hat die Tat gestanden, wurde mir gesagt.

Gegen den Inhaber der Bar, wo er als Türsteher angestellt war, wird auch ermittelt, so wie ich die Beamten verstanden habe.

Aber nun kommt der Hammer. Stellt euch vor, nach dieser Einleitung hat man mich regelrecht verhört. Der Jüngling mit der komischen Brille, vermutlich ist es sein Aufgabenbereich, sagte, dass man den Toten in Verdacht habe, mit Rauschgift gehandelt zu haben, und das Nagelstudio als Tarnung vorgesehen wäre. Er unterstellte mir, als enge Freundin und somit Komplizin von diesen Plänen gewusst zu haben. Ich hätte ihm ja nach meinen eigenen Angaben dreitausend Euro gegeben, die zur Anmietung der Räume gebraucht worden wären. Er nehme mir nicht ab, dass ich über die Verwendung des Geldes nichts gewusst habe. Der Alte am Tisch warf mir vor, den Baron zu dem Studio begleitet zu haben, wo er gleich danach getötet wurde. Jetzt sah es so aus, als wäre ich an der Tötung beteiligt gewesen.
Ich kochte vor Wut. Da habe ich losgebellt, ich kann sehr laut werden: Ohne mich hättet ihr bis heute nicht gewusst, wer der Getötete, wo und wer der Täter ist! Ich bin wie die andere Frau betrogen worden! Etwas ruhiger werdend sagte ich: Ich kann mir nicht vorstellen, dass der Julian, den ich gekannt habe, mit Rauschgift zu tun hatte.

Danach ließ man mich gehen. Falls mir noch etwas einfalle, sollte ich Bescheid geben. Aber mir fällt nichts ein. Wenn das so weitergehen sollte, werde ich mir einen Anwalt nehmen."

Waltraut löste ihr damaliges Versprechen ein und rief Frau Schulze in Freiburg an, um sie über den neusten Stand zu unterrichten, nämlich über das traurige Ende von Julian Hinterwinkel. Aber die Polizei hatte sie schon darüber informiert.

Bei dem Telefonat kam zu Tage, dass Julian nach vier Semestern sein Jura-Studium in Freiburg wegen erheblicher Schulden abgebrochen hatte. Er hätte einfach nicht mit Geld umgehen können. Als das gemeinsame Kind unterwegs war, habe er auf Abtreibung gedrängt. Die Kindsmutter, Frau Schulze, habe daraufhin die Verbindung mit ihm gelöst. Als Student wäre er mit einem ungarischen Grafen befreundet gewesen, der zu dieser Zeit ebenfalls in Freiburg studierte. Dieser hätte ihn zu einem lockeren Leben in Bars und Kneipen verleitet. Es könnte sein, dass der Name des Ungarn Karolyi gelautet habe, aber so genau konnte sich Frau Schulze nicht erinnern. Ganz bestimmt hieß er nicht Papp. Aber zu diesem Umkreis hätten noch andere ungarische Studenten gehört. Der Graf wäre dann bei einem Verkehrsunfall ums Leben gekommen. Um über die Runden zu kommen, hätte Julian als Vertreter für alles Mögliche gearbeitet, zuletzt für eine Versicherung. Er hätte immer großspurige Pläne gehabt, aber sich gerne um den Unterhalt für seinen Sohn gedrückt. Frau Schulze meinte abschließend, glücklicherweise trage das Kind den Namen seiner Mutter, sodass es bei dem beginnenden Medienrummel außen vor bleibe.

Der Tote aus dem Fluss erregte unter dieser Überschrift in der Medienwelt große Aufmerksamkeit.

Aus sicherer Quelle ist zu erfahren, so lautete ein Bericht in einer Tageszeitung, dass die grausige Tat in einem Nagelstudio geschehen ist und hier auch sehr wahrscheinlich die Leiche zerstückelt wurde. Nach den vorliegenden Informationen könnte es sich um einen Tötungsfall aus dem Drogenmilieu handeln. Der Täter sei bereits festgenommen worden und soll seine Tat gestanden haben. In Erfahrung gebracht werden konnte, dass er aus Polen komme und dort Metzger von Beruf war. So fiel es ihm wohl leicht, die Leiche wie ein Stück Vieh zu zerschneiden und deren Teile in einzelne Plastiksäcke zugeschnürt in den Fluss zu werfen. Möglicherweise wäre das Verbrechen nicht ans Licht gekommen, wenn nicht zufällig einer der Säcke von der Strömung in den Bereich einer Anlegestelle getrieben und dort von einem Angler entdeckt worden wäre. Daraufhin war das Flussbett von Tauchern abgesucht und weitere Säcke geborgen worden. Lediglich der Kopf konnte trotz intensiver Suche noch nicht gefunden werden. Der Täter ist, wie bekannt wurde, Türsteher einer Bar, in der nach polizeilichen Erkenntnissen Drogendealer verkehren. Auch sein Opfer soll dort gern gesehener Gast gewesen sein. Nach dem Tathergang muss man davon ausgehen, dass beide sich gekannt und Verbindungen zwischen ihnen bestanden haben. Gegen den Besitzer der Bar sollen ebenfalls Ermittlungen laufen.

Die Polizei habe bereits herausgefunden, dass der Getötete, der unter dem Decknamen eines Barons Papp aufgetreten ist, in Wirklichkeit Hinterwinkel heiße und die Räume zum Betrieb eines Nagelstudios gemietet habe. Unklar sei, ob dieses als Tarnung für einen anderen Zweck erfolgt ist. Nicht geklärt scheint das Motiv des Verbrechens zu sein.

Besonders interessant sei in diesem Zusammenhang die Tatsache, dass eine junge Polin als Bardame in eben dieser Bar gearbeitet habe, wo auch der Täter, ein Landsmann von ihr, der Türsteher war. Es konnte in Erfahrung gebracht werden, dass diese junge Frau vor dem Zeitpunkt des Verbrechens ihren Arbeitsplatz von der Bar in das betreffende Nagelstudio gewechselt habe, obwohl sie für die hier in Frage kommende Beschäftigung keine Kenntnis gehabt haben soll. Sie habe sich dann plötzlich überstürzt in ihre Heimat abgesetzt, wie ihre früheren Kolleginnen aus der Bar, mit denen sie übrigens weiter zusammen in einer Wohngemeinschaft gelebt hatte, bekundet haben. Offensichtlich geschah das nach dem schrecklichen Tötungsdelikt. Die betreffende Dame, die somit in den Fokus des Geschehens gerückt ist, dürfte sich vermutlich illegal in Deutschland aufgehalten haben. Es stellen sich die Fragen: Welche Rolle hat sie bei dem Verbrechen gespielt und wo hält sie sich gegenwärtig auf?

Die Polizei, so wurde mitgeteilt, führe weitere Ermittlungen.

Durch die Staatsanwaltschaft wurde schließlich die Anklage erhoben. Über den Strafprozess bei der großen Strafkammer des Landgerichtes ist zu berichten, dass der Angeklagte nicht wegen Mordes, wie der Staatsanwalt gefordert hatte, sondern wegen Totschlags nach Maßgabe des § 212 des Strafgesetzbuches zu einer Freiheitsstrafe von elf Jahren verurteilt wurde.

In der Beweisaufnahme hatte der Angeklagte, der nach den Feststellungen des Gerichts nicht vorbestraft war, behauptet, dass er im Nagelstudio den Baron beim intimen Verkehr mit seiner Freundin und Landsmännin Ludmilla angetroffen und aus Wut auf ihn eingeschlagen habe, wobei sein Opfer, welches sich gewehrt hätte, plötzlich tot umgefallen sei. Aus Angst habe er die Leiche auf die bereits bekannte Weise beseitigt. Seine Freundin habe sich nach dem Vorfall von ihm getrennt und sei in ihre Heimat zurückgekehrt. Wo sie sich dort aufhalte, wisse er nicht. Seitens des Gerichts wurde dazu erklärt, dass diese wichtige Zeugin nicht geladen werden konnte, weil ihre gegenwärtige Anschrift nicht bekannt sei.

Der Barbesitzer, dem eine Tatbeteiligung nicht nachgewiesen werden konnte, bestätigte als Zeuge, dass seine Bardame Ludmilla mit dem Angeklagten eng befreundet war, und aus ihm unbekannten Gründen nach Polen zurückgekehrt ist. Nur dem Angeklagten zuliebe hätte er die junge Frau in seiner Bar eingestellt. Von dem Tode des Barons habe er erst durch die Polizei erfahren. Er habe ihn als Besucher seiner Bar kennen gelernt. Nähere Geschäftsbeziehungen mit ihm hätten nicht bestanden. Baron Papp hätte ihm erzählt, dass er über fünfzehntausend Euro verfüge und diese in ein Nagelstudio investieren wolle.

Die Aussage der Zeugin Inge Heltau, die den Baron kurz vor seinem Tode eng umschlungen mit dieser Frau Ludmilla beim Betreten des Gebäudes, wo sich das Studio befand, beobachtet hatte, gab offensichtlich den Ausschlag für die Beurteilung einer Beziehungstat als Motiv, obwohl diese fremde Frau als Tatzeugin nicht gehört werden konnte.

Die Zeugin Heltau schilderte noch, dass sie danach fast eine halbe Stunde auf der anderen Straßenseite gewartet habe, und in dieser Zeit viele Personen entweder aus diesem Hause kommen oder hineingehen gesehen habe, vermutlich wären es Besucher entweder des hier ansässigen Anwalts oder der über ihm befindlichen beiden Arztpraxen gewesen. Ob der Angeklagte darunter war, konnte sie nicht sagen, weil sie diesen damals nicht kannte.

Der Strafverteidiger führte in seiner Verteidigungsrede aus, dass bestehende Zweifel am Tathergang nach der Rechtsprechung niemals zu Lasten des Angeklagten gehen dürften.
Voraussetzungen für das Vorliegen eines Mordes, Heimtücke oder niedrige Beweggründe wären nicht nachgewiesen worden.

Die Einlegung von Rechtsmittel gegen das Strafurteil haben sich Anklage und Verteidigung ausdrücklich vorbehalten.

Die Boulevardblätter konnten nachträglich in Erfahrung bringen, dass der renommierte Strafverteidiger in diesem Prozess von dem Barbesitzer für die Verteidigung des Angeklagten beauftragt und bezahlt worden war.

Lächelnd stichelte Waltraut: „Ihr beiden Helden habt schließlich das dubiose Nagelstudio samt seinem Verkehr finanziert." „Mach du dich nicht über uns lustig", erwiderte Inge gereizt und fügte selbstkritisch hinzu, „ja, ich war schon eine dumme Kuh." Andreas als abwägender Banker widersprach energisch. „Nein, unser Geld hat dafür bestimmt nicht ausgereicht. Wir waren nicht die einzigen Betrogenen. Als wir bei der Polizei waren, haben wir dort doch mitbekommen, dass eine fremde Frau Strafanzeige gegen Julian erstattet hat. Wenn ich mich recht erinnere, beinhaltete diese zunächst ein Eheversprechen. Sie wollte wohl gern Baronin werden. Danach ging es um geschuldete Miete, er hat anscheinend in ihrem Haus länger gewohnt, und zuletzt vor allem um ein Darlehen. Sicherlich ist die Dame sehr vermögend, und es hat sich um eine größere Geldsumme gehandelt, sonst wäre keine Anzeige erfolgt." Hier irrte sich aber Andreas gewaltig. Die Unbekannte, deren Identität von der Polizei natürlich gewahrt wurde, gestand bei ihrer Vernehmung kleinlaut, ihr Darlehen habe darin bestanden, dass sie ihrem lieben Baron das Geld für den Ankauf eines neuen Anzuges im Supermarkt ausgelegt habe, welches er ihr nicht mehr zurück gegeben hätte. Ganze drei Wochen habe er bei ihr in der Wohnung gelebt und sich dann einfach aus dem Staube gemacht. Weil sie trotz Wartens nichts mehr von ihm hörte, habe sie ihn erst jetzt angezeigt. Das Wohnen und seine Verköstigung hatte sie als geschuldete Miete umdeklariert. Mit strengem Gesicht wies sie der Polizeibeamte auf ihre falschen Angaben in der Anzeige hin. Die Nichteinhaltung eines Eheversprechens sei kein Straftatbestand. Ein Grinsen nicht unterdrückend meinte der Beamte, „Wo kämen wir hin, wenn wir dem auch noch nachgehen müssten?"

Waltraut vertrat die Ansicht, dieser Hochstapler, der offenkundig keiner geregelten Arbeit nachgegangen sei, könne nicht nur von der Schnorrerei gelebt haben. Er müsse wahrscheinlich, wie die Polizei vermute, mit Rauschgift oder sonstigem zwielichtigen Zeug gehandelt haben. Skrupellos wäre er dazu gewesen. Übrigens bei den beiden Einbrüchen bei Inge habe man doch nach etwas in seinen Sachen gesucht. Das fehlende Geld könnte an den Barbesitzer geflossen sein.

Festzuhalten ist letztendlich, dass die Polizei das Zwielicht um den falschen Baron nicht aufhellen konnte. Weder er noch der Besitzer der Bar konnten als Rauschgifthändler überführt werden. Nachforschungen in dieser Richtung wurden als ergebnislos eingestellt.

Der abgetrennte Kopf des Getöteten wurde übrigens nie gefunden.

An sich sind wir nun mit unseren Aufzeichnungen über diesen Fall zum Abschluss gekommen. Wir könnten es dabei belassen. Vielleicht aber interessiert es unseren Leser, wie es unseren drei Hauptpersonen, die sich so eindrucksvoll um die Aufdeckung bemüht hatten, weiterhin ergangen ist.

Die sportliche und couragierte Inge Heltau erfüllte sich ihren Traum und eröffnete ein Tanzstudio. Sie wurde darin derartig erfolgreich, dass sie als selbständige Geschäftsfrau viel Geld verdienen konnte. So fiel es ihr nicht schwer, ihr ungeliebtes Angestelltendasein beim Finanzamt aufzugeben.
Sie heiratete später, wie das Leben so spielt, einen richtigen Baron mit Namen Matthias von Güldenspogge. Die Ehe blieb kinderlos.
Bei der Hochzeitsfeier in dem glanzvollen Speisesaal des exklusiven Schlosshotels angefeuert durch mehrere Gläser Champagner flüsterte Andreas Waltraut übermütig ins Ohr: „Von der Pappe bis zur Spocke" und brach in ein laut schallendes Gelächter über seinen Geistesblitz aus, was Waltraut nicht gefiel, und die anderen recht vornehmen Gäste irritierte.

Unser Paar, Waltraut und Andreas, hatten sich das Jawort beim Standesbeamten gegeben, als das erste Kind, ein Junge, unterwegs war, ein Töchterchen sollte zwei Jahre später noch folgen. Da Waltrauts Wohnung zu klein war, bauten sie trotz geringer finanzieller Eigenmittel im Neubaugebiet weit draußen vor der Stadt, im Grünen, ein Haus, das heißt, sie ließen bauen. Es handelte sich um ein Fertighaus. Andreas kümmerte sich um die Herbeischaffung von günstigen Krediten. Einzelheiten dazu gab er nicht preis. Er musste dies hervorragend gelöst haben, wie man zu hören bekam.

Auch beruflich war er stark im Aufwind. Seine Firma machte ihn zum Leiter der neu errichteten Bankfiliale in jenem Gebiet. Jung und dynamisch, wie ein Arbeitgeber seinen Angestellten haben will, natürlich soll er auch noch flexibel sein, wie konnte ich das vergessen, nahm Andreas seine Aufgabe, nämlich die Ausweitung des Umsatzes, wahr. Nichts ist so erfolgreich wie der Erfolg, der ihm scheinbar reichlich zufloss. Er wurde deshalb später in die Bankzentrale berufen, dort wo der Vorstand zu Hause ist. Welche Tätigkeit er in dieser Umgebung ausübte, ist mir nicht bekannt. Ich vermute, dass er als eine Art Wasserträger für irgendein Vorstandsmitglied schuftete.

Hier ereilte ihn nun das Schicksal. Wegen anhaltender schlechter Geschäfte wurde seine ehrwürdige Bank von einem Konkurrenzunternehmen, welches besser aufgestellt war, geschluckt. Man wolle die Synergieeffekte nutzen, um gemeinsam besser voranzukommen, wurde von dem Übernehmer erklärt, was in solchen Fällen fast immer gesagt wird. Man kann das Wort schon nicht mehr hören.

Für unseren Andreas jedoch war in dem neuen Großunternehmen kein Platz mehr vorgesehen. Hinter vorgehaltener Hand raunte man, dass er auch zu denjenigen Personen gehört hatte, die Kredite an Leute vergaben, die dieser Wohltaten nicht würdig waren. Faule Kredite nennt man das in der Sprache der Banker. Der Verdacht, dass dabei dubiose Machenschaften mit im Spiel waren, konnte jedoch nicht erhärtet werden. Andreas verstand die Welt nicht mehr. „Ich wurde doch immer ausdrücklich für meinen Umsatz gelobt", sagte er. Jetzt aber war er in der Mitte seines Lebens arbeitslos geworden. Zwar erhielt er eine üppige Abfindungssumme sofort voll ausbezahlt. Über deren Höhe wollte er Fremden keine Auskunft geben. Da er diese Summe aber danach gleich versteuern musste, was er nicht bedacht hatte, war sie nun nicht mehr so üppig, wenn man bedenkt, dass er damit die Leerzeit bis zum Renteneintritt überbrücken musste. In seinem erst mittleren Alter findet man bekanntlich kaum noch eine seiner früheren Arbeitsstelle angemessene Tätigkeit. Trotz mehrfacher Versuche gelang es ihm jedenfalls nicht mehr, in seinen alten Beruf zurückzukehren. Dafür war er wohl nicht bedeutend genug gewesen. „Ich Dummkopf hätte mich besser verkaufen müssen", sprach er voller Ingrimm zu seiner Familie.

Das Allerschlimmste war jedoch, dass er gleich danach seine Waltraut verlor. Sie starb nach schwerer Krankheit. Ihren Verlust hat er nie verwunden.

Bei der erforderlich gewordenen Erbauseinandersetzung stand der Wert des Hauses zur Debatte, um an seine beiden inzwischen erwachsenen Kinder deren Erbanteile daran auszahlen zu können, die diese für Ausbildung oder Gründung eines eigenen Hausstandes brauchten. „Papa, was willst Du allein in diesem Anwesen, hier draußen in der öden Pampa? Zieh doch in die Stadt, da hast du mehr Abwechslung und noch etwas von deinem Leben", sagte seine pragmatisch veranlagte Tochter. Sie hatte es von ihrer Mutter.

„Das ständige Rasenmähen im Sommer, das Aufsammeln der immer wieder herunterfallenden wurmstichigen Äpfel, das Zusammenkehren der Masse des Laubes im Herbst, das alles war noch nie dein Ding gewesen. Die vielen schönen Blumen, die Mama all die Jahre so liebevoll gepflanzt hat, deren Namen du oft nicht einmal kennst, lassen die Köpfe hängen. Sie welken dahin, weil du nicht verstehst, sie richtig zu pflegen. Lieber Papa, bitte weine nicht! Das hätte ich jetzt nicht sagen sollen. Es ist so furchtbar traurig. Ich muss auch weinen. Aber wir, deine Kinder, haben doch ebenfalls keine Ahnung davon. Mama hatte ja hier immer alles allein gemacht."

Andreas verfiel nach diesem Gespräch in tiefes Nachdenken. Er verkaufte schließlich Haus und Grundstück, zahlte an seine Kinder deren Anteile aus, beherzigte den Rat seiner Tochter und zog in das teure Zentrum der Stadt. Geld dazu besaß er jetzt.

Ich habe gehört, dass er dort eine frei gewordenen Hausmeisterstelle angenommen haben soll. Wie er sonst seine Zeit verbringt, weiß ich nicht. Im täglichen Getriebe der großen Stadt verliert sich seine Spur.

Über den Autor:

Der Autor Eberhard Strobel, Geburtsjahr 1933 in Görlitz, ist erst spät zum Schreiben gekommen.
Neben drei privaten Abhandlungen nur für seine Familie und engere Freunde sowie diesem hier vorliegenden spannenden Roman hat er noch geschrieben:
„Draußen vor der Stadt", in dem er die beeindruckende Geschichte über das Leben von hinzugezogenen Bewohnern einer neu errichteten Vorstadtsiedlung sehr anschaulich schildert. Als Buch erschienen 2009 im Verlag Buchproduktion Bernd Reimer, Frankfurt am Main.
Ferner den Krimi „Der Schwager", eine fesselnde Geschichte über einen geheimnisvollen Mord, einem hierbei zu Unrecht verurteilten Mann und schließlich der Aufdeckung des wahren Täters. Als Buch erschienen 2013 im Verlag BoD – Books on Demand GmbH, Norderstedt.